生活的事实

毛姆短篇小说精选

[英]毛姆 著 詹森 译

北方联合出版传媒(集团)股份有限公司
万卷出版公司

Ⓒ 毛姆 2021

图书在版编目（CIP）数据

生活的事实：毛姆短篇小说精选／（英）毛姆著；詹森译．—沈阳：万卷出版公司，2021.5（2022.1重印）
ISBN 978-7-5470-5635-6

Ⅰ.①生… Ⅱ.①毛… ②詹… Ⅲ.①短篇小说—小说集—英国—现代 Ⅳ.① I561.45

中国版本图书馆CIP数据核字（2021）第064735号

出 品 人：	王维良
出版发行：	北方联合出版传媒（集团）股份有限公司
	万卷出版公司
	（地址：沈阳市和平区十一纬路25号　邮编：110003）
印 刷 者：	辽宁新华印务有限公司
经 销 者：	全国新华书店
幅面尺寸：	145mm×210mm
字　　数：	180千字
印　　张：	7.5
出版时间：	2021年5月第1版
印刷时间：	2022年1月第2次印刷
责任编辑：	张鸿艳
责任校对：	刘　洋
封面设计：	所以设计馆
版式设计：	展　志

ISBN 978-7-5470-5635-6
定　　价：38.00元
联系电话：024-23284090
传　　真：024-23284448

常年法律顾问：王　伟　版权所有　侵权必究　举报电话：024-23284090
如有印装质量问题，请与印刷厂联系。　　　　　　　联系电话：024-31255233

目 录

1　　　便　饭

8　　　蚂蚁和蚂蚱

14　　现象与实在

35　　生活的事实

61　　审判席

68　　万事通先生

78　　诗　人

85　　诺　言

94　　珍珠项链

103　上校夫人

129　为人着想

139　教堂司事

149　插　曲

177　萨尔瓦托雷

183　洗衣盆

195　梅布尔

202　九月公主

214　实用婚姻

便　饭

我是在剧场里看到她的。她朝我招手。幕间休息的时候,我就走了过去,在她旁边坐下。上次见到她已经是很久以前的事了,要不是有人提起过她的名字,想来我这会儿也认不出她来。她欢快地对我说起来。

"哎哟,我们第一次见面可是有好多年了。时间过得多快呀!我们也都不再年轻啦。你还记得我初次见你的情形吗?你请我吃了顿便饭。"

我还记得吗?

那是二十年前的事了,当时我正在巴黎。我在拉丁区租了套小小的公寓房,凭窗眺望得到一片墓地,收入刚够维持身体与灵魂不致分离。她读到一本我写的书,给我写信谈论了一番。我回了信,表示谢意。没过多久就又收到她一封信,说她即将路过巴黎,想要跟我聊聊;不过她的时间有限,只是下星期四有点空;

上午她要游览卢森堡公园[1]，问我是否愿意中午请她在富瓦约饭店吃个便饭。这家饭店是法国参议员们光顾的所在，消费水平远远超出我的经济能力，所以我从来就没想过进去。但是她的信让我很是受用，而且我太年轻，还不曾学会对女人说不。（这里不妨加一句：在实在太老了之前，没有几个男人学会这一手，而到他们学会的时候，又已经失去了意义。）我有八十法郎（金法郎），用于维持月底之前的开销。而一顿平常的便饭应当不超过十五法郎。要是把下两周的咖啡取消，我还是足以对付过去的。

我给这位朋友回了信，答应于星期四中午十二点半在富瓦约饭店相会。她没有我所期待的那么年轻，样子与其说动人，不如说壮硕。实际上，她已年届四十（一个风韵犹存的年纪，但不足以令人一见钟情、怦然心动）。她给我一个印象，即，就实际需要而言，她的牙齿要多了些，又白又大又整齐。她很健谈，不过因为她显得乐于谈论有关我的事情，我也就准备洗耳恭听。

菜单拿上来的时候我吓了一跳，价位比我所预想的高了许多。不过她说了句话使我心安。

"我中午什么都不吃的。"她说。

"哦，可别这么说！"我大方地接话。

"我顶多只吃一道菜。我认为现今人们吃得太多了。来点鱼

---

[1] 巴黎名胜，法国参议院所在地。

吧,或许。不知道他们有没有鲑鱼。"

嗯,这个季节吃鲑鱼可是太早了,菜单上也没有这道菜。不过我还是问了问侍者。有,刚来了一条漂亮的鲑鱼,这是他们当年进的头一条。我为客人点了一份。侍者问她,在鲑鱼烹制的期间是否吃点别的。

"不,"她回答,"我顶多只吃一道菜,除非你们有鱼子酱。吃点鱼子酱我从不反对。"

我的心微微一沉。我清楚自己买不起鱼子酱,又没法很得体地对她讲明这一点。总之,我还是吩咐侍者上一份鱼子酱。至于自己,我选了一道菜单上最便宜的菜,也就是羊排。

"我认为你吃肉可是不明智。"她说,"我不明白,吃完羊排这类油腻东西之后,你还怎么能指望照常工作。我不赞成让自己的胃负担过重。"

接下来该点酒水了。

"我中午什么都不喝的。"她说。

"我也不喝。"我马上应答。

"除了白葡萄酒,"她继续说着,对我的话置若罔闻,"法国产白葡萄酒都清淡得很,它们极其有助于消化。"

"你想喝点什么?"我问道,好客依旧,但不那么热情洋溢了。

她对我咧嘴笑了笑,满口白牙一闪,明亮而友善。

"除了香槟,我的医生不会让我喝任何东西的。"

我猜自己的脸色有几分发白。我叫了半瓶香槟。我随口提到，我的医生绝对禁止我喝香槟。

"那你准备喝什么？"

"清水。"

她吃了鱼子酱又吃了鲑鱼。她愉快地谈论艺术、文学和音乐。我则一心想着账单总共会有多少钱。在我的羊排端上来时，她一本正经地说教开了。

"看得出来，你习惯中午多吃。这肯定是不对的。为什么不跟我学，只吃一道菜？这肯定会使你感觉好得多。"

"我本来就准备只吃这一道菜。"我说，眼见侍者又拿着菜单走了过来。

她轻快地挥了挥手，就把他打发到一边去了。

"不，不。我中午什么都不吃的。我只吃一口，一点都不愿多吃。吃也就是为了给谈话助兴，而不是图别的什么。我可是什么都不能再吃了，除非他们有那种大芦笋。要是来巴黎而没尝尝芦笋，我会感到遗憾的。"

我的心径直沉了下去。我在商店里见过芦笋，知道它们贵得要死。看着它们，我也是常常馋涎欲滴。

"夫人想知道你们有没有这种大芦笋。"我问侍者。

我满心指望着侍者说没有。然而，一道快乐的笑容掠过了他那张神甫似的大脸。他确认他们有，又大、又嫩、又新鲜，妙不可言。

"我一点都不饿呀。"我的客人叹了口气,"不过,你要是非让我尝尝芦笋,我也不反对。"

我点了一份。

"你不吃吗?"

"不。我从来不吃芦笋。"

"我知道有些人不爱吃它。事实上,你是被乱吃的那些肉损害了口味。"

我们等着芦笋的烹制。我陷入了恐慌。现在的问题,不是还能剩多少钱过这个月余下的日子,而是有没有足够的钱付账。要是发现自己缺十个法郎而只好向客人借,就太难受了。这个我无论如何都做不到。我确切知道自己有多少钱,要是账单金额大于此数,我已经横下心来,那就是,我会把手伸进口袋,然后戏剧性地大叫一声,跳将起来,嚷嚷钱被扒手偷了。当然了,要是她也没有足够的钱买单,那可就难办了。那样的话,唯一的办法,就是留下我的表,说我过后会回来付账。

芦笋端上来了。满满一盘,肥嫩多汁,鲜美诱人。融化了的奶油香气扑鼻,撩拨着我的嗅觉,就跟品行端正的闪米特人的燔祭馨香四溢[1],刺激了上帝的鼻孔一样。我一边看着这个旁若无人

---

1 燔祭的馨香,作者此处戏谑地用了个《圣经》典故,事见《旧约·利未记》。

的女人大口大口地把芦笋塞进喉咙，一边自作斯文地谈论巴尔干诸国的戏剧状况。她终于吃完了。

"咖啡？"我问。

"好的，只要一份咖啡冰激凌就可以啦。"她答道。

这会儿我已经不在乎了。我就为自己叫了杯咖啡，给她要了份咖啡冰激凌。

"你知道，有一种观念是我所深信不疑的，"她边吃冰激凌边说，"那就是，吃饭永远都不要吃到十分饱。"

"你还饿吗？"我无精打采地问道。

"哦，不，不饿了。你看，我不吃午饭。我早上喝一杯咖啡，再吃就是晚饭了，而午饭顶多吃一道菜。我是在替你说呢。"

"哦，我知道了！"

这时发生了一件可怕的事情。在我们等待咖啡的时候，领班侍者朝我们走来，假模假式的脸上挂着讨好的笑容，臂弯挎着个大篮子。篮子里盛满了大个儿桃子。桃子染着红晕，宛如清纯少女的脸；色彩丰富，就像意大利风景画。可是，桃子不是还没到上市的季节吗？天知道它们有多贵。我也知道了——过了一会儿，因为我的客人一边继续谈话，一边漫不经心地拿了一个。

"你看，你的胃被你塞进去那么多肉，"——我那块小得可怜的羊排——"你再也吃不下任何东西了。而我只是随便吃了点，我不妨享用一只桃子。"

账单送来了。结完账我发现，剩下的钱只够付很不像样子的小费。我给侍者留下了三法郎。她的目光在这钱上停留了一下，我知道她认为我小气。可是走出饭店时，等待我的只有没着落的整个月时间，而口袋里一文不名。

"跟我学吧，"握手道别时她说，"午饭顶多吃一道菜。"

"我会做得比这还好，"我回嘴道，"今晚我会什么都不吃。"

"你真逗！"她快乐地叫道，跳上一辆出租马车，"你真是太逗了！"

不过，我终归还是复了仇。我自认不是个报复心重的人，然而当永恒的诸神插手此事时，你不无得意地观看结果也是可以理解的。如今她的体重有近三百磅了。

蚂蚁和蚂蚱

在我很小的时候,大人就让我熟读拉·封丹的一些寓言,还把每一则的寓意都细细地讲给我。我读过的那些寓言里,有一则是《蚂蚁和蚂蚱》。它的用意,是向年轻人揭示一种有益的教诲,即在一个并非完美的世界上,勤劳肯干会得到回报,游手好闲则受到惩罚。这则令人起敬的寓言(它想必是尽人皆知的,即便不够准确完整;我为重复讲述而抱歉)说,蚂蚁一夏天都在辛勤忙碌,积累冬天的食物,蚂蚱却趴在一片草叶上,只知道对着太阳唱歌。冬天来了,蚂蚁食物充足,舒心惬意,蚂蚱却家无余粮。它就去找蚂蚁,乞讨一点吃的。这时蚂蚁给予了经典的答复:

"夏天你都干什么去了?"

"不好意思,我唱歌来着,白天唱,晚上也唱。"

"你唱歌来着。好哇,那现在就再去跳舞吧。"

我不是说,在我看来这则寓言颠倒黑白;我就是觉得,它跟童年体验不尽一致。它的寓意不足为训,所以我对它的教诲无法苟同。我同情蚂蚱。有一段时间,我看见蚂蚁准会踩上一脚。通过这种直截了当的(以及跟我随后发现的一样,纯属人类特有的)方式,我想要表达自己对工于算计、循规蹈矩的不以为然。

一天在饭店里,我看见独自吃午饭的乔治·拉姆齐,不由得想起了这则寓言。我从没见过任何人如此的满面沮丧。他目光呆滞,凝望着虚空,仿佛整个世界的重担都压在他的肩上。我为他难过:我马上猜想,他那个熊弟弟又惹祸了。我就走过去,伸出手。

"你还好吧?"我问。

"心情很差。"他回答道。

"又是汤姆?"

他叹了口气。

"是,又是汤姆。"

"你为什么不跟他断绝关系?你对他已经仁至义尽了。现在你必须明白,他是不可救药的。"

在我看来,害群之马家家有。二十年来,汤姆一直使乔治头疼不已。起初他还是挺像样的:经商,成家,生了两个孩子。拉姆齐家的人都是有头有脸的,人们有一切理由认为,汤姆·拉姆齐也会事业有成,赢得尊敬。不料有一天,毫无征兆,汤姆就声称:他不喜欢干活,不适合过家庭生活。他想要随心所欲,自在逍遥。

他不肯听任何规劝，就离开了妻子，放弃了工作。他手里有点积蓄，靠这些钱游走于欧洲的一些大都会，过了两年快乐日子。关于汤姆的所作所为，不时有流言传到亲属的耳朵里，使他们深感震惊。汤姆当然过的是神仙日子。亲属们却是大摇其头，设想着等他的钱花光了又当如何。他们很快就发现了：他以借钱度日。他善于迷惑人，又不择手段。若论开口借钱而令人难以拒绝，我就没见过超过他的。汤姆靠向朋友伸手而取得稳定收入，而他又很容易结交朋友。可他还总是说，钱花在生活必需上实在乏味，只有用于吃喝玩乐的奢华消费才令人开心。他这么做倚赖的是哥哥乔治。他对乔治施展的手段可没白费。乔治为人忠厚，对弟弟的这样一些伎俩懵然不知。乔治很讲体面，有几次，他听信弟弟改邪归正的诺言，给了汤姆数目可观的钱，以便其重新开始。汤姆拿这些钱买了辆汽车，乃至一些非常精致的首饰。然而，一再重演的事态，促使乔治认识到，弟弟是永远不会安分的，就决意撒手不管了。汤姆毫无自责，开始讹诈起哥哥来。于是，乔治这位可敬的律师，不无尴尬地发现，在自己常去的饭店里，弟弟在吧台后为顾客调鸡尾酒；在自己所属的俱乐部门外，弟弟开着出租车等候客人。汤姆说，在酒吧侍候人或开出租车都是非常体面的工作。不过，要是乔治能够赏脸，给他个几百英镑，考虑到家族的声誉，他也不反对放弃这类职业。乔治只好给钱。

有一次，汤姆几乎就进了监狱。乔治极为不安，他调查了这件丑事的来龙去脉。的确,汤姆做得太过分了。汤姆一直任性、轻率、自私,但是此前还没干过不老实的事,乔治指的是触犯法律的事情。这次汤姆如果受到起诉,肯定会被判罪。可你总不能眼看着自己唯一的弟弟去坐牢吧。汤姆诈骗的对象,是一个叫克朗肖的人,报复心很重,他坚决要把此事告上法庭。他说汤姆是个恶棍,理当受到惩罚。乔治为此使尽浑身解数,还搭进去五百英镑,才把事情摆平。不料汤姆和克朗肖一起把支票兑现后,马上就去了蒙特卡洛[1]。他们在那里花天酒地,潇洒了一个月。乔治得知此事,大光其火,程度为我前所未见。

二十年来,汤姆赌马,跟绝色女人厮混,跳舞,上最昂贵的饭店,穿漂亮的服装。他总是衣冠楚楚,像模像样。虽然实际上四十六岁了,可你绝对不会认为他超过三十五岁。他是个极为令人喜欢的伙伴。明知他的人品一文不值,你还是禁不住乐于与之交往。他总是高高兴兴、快快乐乐的,具有不可思议的吸引力。为了买生活必需品,他经常向我借钱,我从来都不吝惜。每次借给他五十英镑,我都觉得亏欠他。汤姆·拉姆齐认识所有的人,所有的人也都认识他。你可能不认同他的做法,可你没法不喜欢他这个人。

可怜的乔治,他只比无赖弟弟大一岁,看上去却有六十岁

---

[1] 摩纳哥游览胜地,世界富豪的销金窟。

了。在四分之一世纪的岁月里,他每年休假就没有超过两星期的。每天上午九点半他就进了事务所,不到下午六点不会出来。他诚实、勤奋,值得尊敬。他有个贤惠的妻子,对于她,他从未有过不忠,连那种念头都不曾有过。他有四个女儿,对于她们,他是天下最好的父亲。他坚持把收入的三分之一存起来,他的计划是在五十五岁时退休,住到乡下的一所小房子里去,打算在乡间莳花弄草,打高尔夫球。乔治的一生毫无瑕疵。他对自己渐入老境感到欣然,因为汤姆也在变老。他搓着手说:

"汤姆年轻帅气的时候过得的确非常开心,可是他只比我小一岁。四年后他就五十了。那时他就会发现日子没那么好过了。我到五十岁时就能存下三万英镑了。二十五年来,我一直说,汤姆将在贫民窟里了结一生。我们会看到他对这种下场感受如何。我们会看到,是努力工作还是无所事事能够真正得到最好的回报。"

可怜的乔治!我同情他。现在,我坐在他身旁,猜想汤姆又干出了什么丢人现眼的事情。乔治显然心情非常烦乱。

"你知道现在发生了什么事情吗?"他问我。

就是出了最糟糕的事我也有心理准备。我猜测着,是不是汤姆终于落入了警察手中。乔治激动得几乎说不出话来。

"你不会否认,我这辈子都在努力工作,规规矩矩,体体面面,坦坦荡荡。我勤劳刻苦,省吃俭用了一生,才得以指望退休后,能靠一小笔以金边证券为形式的钱养老。我总是这么尽职尽心地生活,以求取悦于让我安身立命的上帝。"

"确实如此。"

"你也不能否认,汤姆一直无所事事,为人下作,行为放纵,是个没有廉耻的流氓。要是讲究公道,他就该待在劳动救济所里。"

"确实如此。"

乔治的脸涨红了。

"几个星期前,他跟一个年龄大到足以给他当妈的女人订了婚。而现在女人死了,家产全都留给了他。五十万英镑、一艘游艇、伦敦一所房子、乡下一所房子。"

乔治·拉姆齐把紧握的拳头砸到桌子上。

"这不公平,我跟你说,这不公平。可恶,这不公平。"

我管不住自己。看着乔治怒气冲冲的脸,我放声大笑起来,我笑得在椅子上前仰后合,我差一点跌倒在地。为了这个,乔治始终都没原谅我。倒是汤姆时常邀请我,到他在梅费尔[1]的漂亮住所去享用佳肴美馔。要是他偶尔朝我借点钱的话,那也仅仅是由于习惯的力量,所借从不超过一英镑。

---

1 伦敦的上流住宅区。

现象与实在

我保证不了这个故事的真实性,不过它原是一位教授讲给我的,他在英国一所大学教法国文学。我想,凭他的治学之严谨,所讲的故事肯定如假包换。在教学中,他要求学生注意三位作家。他认为,这三个人合在一起所体现的若干品质,即为法兰西人性格的主体。他说,通过阅读他们的作品,可以如此深广地了解法国人民,以至他要是有权力,对于需要与法国打交道的我国官员,就会要求他们通过一种非常严格的考试,内容是此三人的著作,然后才有资格就职。这三位作家是:语带粗俗的拉伯雷,他会下作到把铲子称为"他妈的锹"犹嫌不足;讲求道理的拉·封丹,所说不过常识而已;再有就是雄赳赳的高乃依了。"雄赳赳"一词,在法英词典里是译成羽饰的,即披挂整齐的骑士装饰在头盔上的羽毛;然而作为比喻,似乎意味着威风和张扬,炫耀和英武,自负和骄傲。正是这种豪迈气概，使那些法国绅士在丰特努瓦一役[1]中，对英王乔治二世的军官们说诸位先开火吧；正是这种睥睨天下，使脏话不离口的康布罗纳[2]在滑铁卢之战中，发出了近卫军宁死不降的豪言；也正是这种自命不凡，促使一位愤懑的法国诗人，在获得诺贝尔奖之后，潇洒地把奖金悉数捐了出去。我提到的这位教授可不是个信口开河的人。在他看来，我下面要讲的这个故事，极为鲜明地体现了法兰西人的三大品质，在教学中具有很高的价值。

我把这个故事称作"现象与实在"。这本是一部哲学著作[3]的标题。我认为，此书可谓19世纪我国最重要的哲学著作（也许说得不对）。这本书难读，但使人欲罢不能。它以出色的英文写就，笔调不无幽默。尽管有些极其精微的论述，外行读者未必理解得了，但他也能体会到走上精神钢丝、跨越形而上学深渊的动魄惊心。通读之余，他会顿感释然：一场冒险，不过虚惊而已。我居然挪用这样一本名著的标题，实在说不过去，只是它太适合我要讲的故事了，令人拍案叫绝。尽管莉塞特作为哲学家，仅限于一定的意义上，即我们都是存在哲学家。莉塞特对实在的感受如此

---

1 指丰特努瓦战役，1745年法国军队与英国等国联军的一场大战，战场在图尔内（今在比利时）附近。法军获胜。
2 滑铁卢战役中法军老近卫军的指挥官。
3 指《现象与实在》，英国哲学家布拉德利（1846—1924）的著作。

强烈,对现象的认同如此真切,几乎不妨说,她已经使不可调和的事物达成了一致,须知这是哲学家们多少世纪以来一直求之不得的目标。莉塞特是法国人。她每天的工作,是在一家服装店里数小时地换穿服装以展示它们,而这家店的档次属于巴黎最时尚豪华的。对于深知自己体态优美的女郎,这份工作堪称愉快。简单地说,她是个服装模特。她亭亭玉立,身着长裙十分优雅;她身段苗条,身着运动服散发出健康的气息;她的双腿修长,身着睡衣别具一格;她腰身纤细,乳房小巧,身着最普通的游泳衣也魅力迷人。她穿什么衣服都好看。她有本事把自己裹在毛丝鼠皮大衣里而备显雍容华贵,导致最清醒的人都承认,毛丝鼠皮价格再高也物有所值。形形色色的女人坐在宽敞的扶手椅里,有的肥胖,有的臃肿,有的粗短,有的消瘦,有的身体走形,有的面容苍老,还有的相貌平平全无姿色。由于莉塞特穿上店里的服装显得如此赏心悦目,顾客们也就乐于解囊。莉塞特生就一双褐色的大眼睛、一张红润的大嘴巴,白净的脸稍有雀斑。使她为难的是,作为模特,似乎总得摆出那副傲慢、阴郁、冷漠的样子,步态从容地出场,慢悠悠地转过身来,然后带着目空一切、唯有骆驼方能相比的神情飘然下场。莉塞特褐色的大眼顾盼生辉,鲜红的双唇仿佛在颤动,似乎最含蓄的撩拨都会使它们现出微笑。正是她那闪闪的眼波,引起了雷蒙·拉叙厄尔先生的注意。

拉叙厄尔先生正坐在一把仿路易十六时期式样的椅子里,挨着他的夫人（坐在另一把椅子里）。他是被夫人拉来，陪她看这次春季时装预展的。这证明了拉叙厄尔先生性情随和，待人可亲。因为他是个出奇的大忙人，人们会以为，他有许多更重要的事务急于处理，而非坐上一个钟头，观看十几个花容月貌的妙龄女郎，身着奇奇怪怪五花八门的衣物搔首弄姿。他本来也不会认为，这些时装中的任何一款，有可能使自己的夫人改头换面，焕然一新。她年届五旬，身量太高，体形太瘦，五官又明显大得超乎寻常。老实说，他当初娶她，图的可不是她的模样；即便在狂热的蜜月初期，她也从没想过他爱的是自己的容颜。他之所以娶她，是为了把她所继承的兴盛的钢铁厂跟他的同样兴盛的机车制造厂联合起来。这次联姻很是成功。她给他生了一儿一女。儿子的网球打得几乎跟专业运动员一样好，舞跳得简直不亚于职业舞伴，桥牌也足以跟任何高手过招。至于女儿，他已得以凭借一份足够丰厚的嫁妆，把她嫁给了一个十有八九货真价实的亲王。因此，他有理由为自己的一双儿女感到骄傲。通过不屈不挠的努力，加上一定程度的诚信，他日渐发达，财力雄厚到在一家制糖厂、一个电影公司、一个汽车制造公司和一家报馆都握有控股权。他还得以花上足够多的金钱，买通了某个选区的自由无党派选民，把他送进了参议院。他仪表堂堂，富态亲和，红光满面，灰色的胡须整整齐齐地修剪成方形，光秃秃的脑袋，脖颈上一道肥肉圆滚滚的。不用看他黑色上衣的那颗红色纽扣，就可以估计到此公是个大人物。他脑筋活络，行事果断。在夫人离开服装店去打桥牌时，他没有再陪她，而是声称为了锻炼身体，打算步行到参议院去，他身负的国事之责在那里召唤着他。然而他根本没走那么远，而只是满足于在一条后街里来回运动。因为他合理地推断，服装店的那些年轻女士下班之后，会走过这里。果然不出所料，他才等了一刻钟，就看见一些女人三五成群地出现了。有的年轻貌美，有的则已不算年轻也远非漂亮。这就表明，他一直等待的时刻到来了。两三分钟后，莉塞特步履轻盈地踏上了小街。参议员深知，自己的外貌和年龄，未必能使年轻女人一见钟情；然而他又发现，自己的财富和地位，足以抵消这些不利条件。莉塞特有个女伴同行。要是换一个比不上拉叙厄尔先生这么显贵的人，面临这种情况，可能就会手足无措。然而，这没有使参议员踌躇片刻。他举步上前，彬彬有礼地抬了抬帽子而不至于露出秃顶，向她道了声晚安。

"晚上好，小姐。"他讨好地微笑着说。

她最短暂不过地瞥了他一眼，饱满的红唇似笑非笑地动了一下，随即抿紧。她扭过头跟同伴说起话来，继续走去，摆出一副全然视若无睹的样子。参议员毫无窘意，转过身来，跟住两个姑娘，保持着几码距离。她们沿着小街走去，然后转入马德莱娜大道，在广场搭上公共汽车。参议员非常满意，他已经得出了若干正确结论。她显然是和女友搭伴回家，这个事实证明她还没有靠得住的爱慕者。她在他搭讪时扬长而去，这个事实显示她谨慎持重，行为端正，他喜欢漂亮的年轻女人如此处世。她的外衣和裙子、朴素的黑色帽子，以及人造丝长袜，都表明她家境贫寒，因而德行很好。虽然如此装束，她依然妩媚迷人，丝毫不让先前所见身着华服之际。他心中生出奇异的微妙感觉。好几年了，他都不曾有过这种特殊的感受，愉快而又不无痛苦。不过拉叙厄尔先生马上就认出了它。

"这是爱情啊。"他咕哝道。

他从未料到自己还会重新体验这种感情，便挺起胸脯，信心满满地继续阔步前行。他走进一家私人侦探所，让他们调查一个姑娘，名叫莉塞特，是在这么这么个地方做服装模特的。随后，他想起了参议院正在讨论美国债务问题，就乘出租车赶到参议院宏伟的大楼，走进图书馆。这里有把扶手椅是他特别中意的，他舒舒服服地打了个盹。三天后，他想了解的情况如数报来，收费不多。莉塞特·拉里翁小姐跟守寡的姑母一起生活，住在一套两室公寓里，地处巴黎的巴蒂尼奥勒区。莉塞特小姐的父亲是在大战期间负过伤的一名英雄，如今在法国西南部一个乡村小镇上开烟草店。莉塞特小姐住所的房租为每年两千法郎。她生活很规律，喜欢看电影，年方十九岁，没听说有恋人。公寓管理员对她的评价很好，服装店同事也都喜欢她。显而易见，她是个非常正派的年轻女子，而参议员只能认为，对于一个操劳国事，还得经营企业做大买卖,因而需要放松的男人,她是为闲暇提供慰藉最合适不过的人选。

为了达到心中的目的,拉叙厄尔先生采取了哪些手段,在此无须详述。他位高权重,事务繁忙,不能亲自处理此事。不过他有一名机要秘书,这个人非常善于争取尚未决定票投给谁的选民,当然也懂得怎样对付一个老实而贫穷的年轻女子了。秘书会使莉塞特小姐明白,她要是有足够的运气,跟像他雇主这样的人物结下交情,将会获得怎样的好处。他拜访了孀居的姑母萨拉丹夫人,告诉她,拉叙厄尔先生一向与时俱进,最近对拍摄电影产生了兴趣,实际上即将着手制作一部影片。(这表明了,凡夫俗子以为无关紧要而忽略的事情,头脑灵活的人会运用得多么出神入化。)在服装店里,莉塞特小姐的花容月貌、她穿着打扮之光彩照人,给拉叙厄尔先生留下了深刻印象。他于是想到,她很可能非常适合他有意让她出演的角色。(跟所有的聪明人一样,参议员力求实事求是。)然后,秘书就邀请萨拉丹夫人及其侄女与他的雇主共进晚餐,以便双方加深相互了解,并让参议员判断莉塞特小姐是否如其设想,具备跻身影坛的天分。萨拉丹夫人说,她得问问侄女,不过在她看来,这个建议很有道理。

萨拉丹夫人把拉叙厄尔先生的提议转达给莉塞特,还对这位大方的宴请者做了一番介绍,身份如何,地位怎样。年轻姑娘轻蔑地耸了耸美丽的肩膀。

"Cette vieille carpe."她用法语说。直译意为：这个老家伙。

"他给你个角色演的话，是个老家伙又有什么关系？"萨拉丹夫人说。

"Et ta saeur."莉塞特说。

这句法语的意思也就是：还有你妹妹。听起来无伤大雅，甚至不着边际，其实有些粗俗。我认为，有教养的年轻女子只是在存心出语惊人时才这么说。它所表达的是极其强烈的异议。我这支高雅的笔，实在难于把这么低劣的话如实译成本国文字。

"不管怎样，咱们应当弄一顿好饭吃。"萨拉丹夫人说，"说到底，你也不再是小孩子了。"

"他说在哪儿吃饭？"

"马德里堡。人人都知道那是天下最贵的饭店。"

这种说法无可置疑。该店的菜肴极其精美，藏酒遐迩闻名，加上位置优越，若是于初夏晴朗的夜晚在那里就餐，实属赏心乐事。莉塞特的脸上现出妩媚非常的酒窝，红润的大嘴巴也笑得咧了开来。她有一口完美的牙齿。

"我可以从店里借一身衣服。"她喃喃着。

几天后，参议员的机要秘书乘出租车来接她们，把萨拉丹夫人和她迷人的侄女送到布洛涅森林公园。莉塞特穿了一套店里最受好评的时装，看上去美艳动人。萨拉丹夫人身着自己的黑色缎子衣服，头戴莉塞特专门为她做的帽子，也极为体面可敬。秘书将两位女士介绍给拉叙厄尔先生。参议员温和庄重地问候她们,一如政客在和蔼地接待某位重要选民的妻女,而这正是他的精明之处,他料到邻桌的熟人会以为他请的是此类人物。这顿晚餐惬意之至,于是没到一个月,莉塞特就住进了一套舒适而精致的公寓,离她的工作地点和参议院都不远。房间由一家时尚的装修公司按现代风格做了布置。拉叙厄尔先生愿意莉塞特继续工作。在他不得不忙于事务的时候她会有事可干,这非常称他的心,因为会使她没时间做蠢事。而且他心知肚明,一个终日无所事事的女人,开销可比职业妇女大得多。聪明人就考虑这些问题。

然而,肆意挥霍的恶习与莉塞特无缘。参议员待她既温柔又大方。令他满意的是,莉塞特很快就开始攒钱了。她持家勤俭,以批发价买衣服,每月给英雄父亲寄一笔钱,老人则用这些钱购置小块土地。她依然过着平静而有节制的生活。公寓管理员有个儿子,她想给他在政府机关里谋个差事。拉叙厄尔先生高兴地从她口中得知,莉塞特仅有的来客,就是她姑母和服装店的一两个姑娘。

参议员一辈子从来就没有这么幸福过。他感到心满意足,于是想到,即便在这个世界上也是善有善报的。那天下午,参议院是要讨论美国债务问题的,他难道不是出于纯粹的好心,才陪着妻子到服装店去,从而初次见到了迷人的莉塞特吗?他越是了解她,就越是宠爱她。她是个可爱的伴侣,生性快活,时尚自信。

她很有头脑,在他与之谈论工商事务和国家大计时能够倾听。他疲倦时她让他休息,他不快时她使他高兴。他来的时候她兴高采烈,他也频频地来,通常从下午五点待到七点,他走的时候她恋恋不舍。她使他觉得,自己不仅是她的情人,还是她的朋友。有时他们在她的住所一起吃晚饭,饭菜齐全周到,气氛亲切舒适,这使他深切体会到家庭生活的温馨。朋友们告诉参议员,他显得年轻了二十岁。他也觉得此言不谬。他知道自己运气好。然而他也不禁感到,自己一生诚实劳作,服务公众,如此享受完全是应得的。

所以事发之时他大为震惊,在如此逍遥快乐的日子过了将近两年之后。一次,他深入自己的选区去访问选民,原计划过了周末返回,但却意外于星期天一早就回到了巴黎。他来到莉塞特的住所,用钥匙开门进入,心想这是休息日,会看到她还睡在床上,不料发现她在卧室里,正和一个从未见过的年轻先生面对面地吃早餐,那厮还穿着他的(参议员的)一身崭新的睡衣裤。莉塞特看见他也目瞪口呆。她的确吓了一大跳。

"天哪,"她叫道,"你从哪儿冒出来的?我以为你明天才能回来。"

"部里瘫痪了。"他机械地答道,"我是被召回的。我即将被委以内政部部长之职。"然而,这根本不是他要说的话。他气急败坏地瞪了穿他睡衣的先生一眼。"那小子是谁?"他吼道。

莉塞特红润的大嘴巴上绽开了极为诱人的微笑。

"我的情人。"她答道。

"你以为我是傻瓜吗?"参议员叫道,"我知道他是你的情人。"

"那你还问什么?"

拉叙厄尔先生可是个实干家。他径直冲到莉塞特跟前,抡开巴掌,左右开弓,抽了她两记耳光。

"畜生!"莉塞特尖叫起来。

目睹这一暴力场面,年轻人不免尴尬。拉叙厄尔先生转向年轻人,挺直身躯,一挥胳膊,戏剧性地以一根手指指向房门。

"滚出去!"他嚷道,"滚出去!"

别人会认为,拉叙厄尔先生这样的人,惯于动动手腕就摆布大群愤怒的纳税人,能够皱皱眉头便左右年会上失望的股东,现在抖出了颐指气使的威风,年轻人就会夺路而逃。不料他原地没动,尽管的确犹犹豫豫,还是原地没动。他恳求地看了莉塞特一眼,微微耸了耸肩。

"你还在等什么?"参议员吼道,"你想让我动武吗?"

"他不能穿着他的睡衣走哇。"莉塞特说。

"那不是他的睡衣,那是我的睡衣。"

"他在等着拿自己的衣服呢。"

拉叙厄尔先生四下看了看,在他身后的椅子上杂乱地扔着男人的种种衣物。拉叙厄尔先生轻蔑地瞥了年轻人一眼。

"你可以把你的衣服拿走,先生。"他不屑地冷冷说道。

年轻人抱起衣服,捡起甩在地板上的皮鞋,急忙走出房间。拉叙厄尔先生雄辩的口才非常了得。他从未发挥得像现在这般淋漓尽致。他对莉塞特说了自己对她的看法,但是并非甜言蜜语。他严词痛斥她的忘恩负义。他搜肠刮肚地寻找最难听的话责骂她。他呼唤上界众神都来证实,从来没有一个女人,以如此恶劣的欺骗,来回报一位正人君子的信任。总之,凡是怒火中烧、虚荣受伤和大失所望所能引发的话语,他通通一吐为快。莉塞特没打算为自己辩护。她默不作声地听着,低着头,机械地撕扯着由于参议员现身而没吃完的小面包。他恼怒地瞥了一眼她的盘子。

"我一心想让你头一个得知我的特大喜讯,才直接从车站跑到这里来。我还指望着坐在你的床头跟你一起吃早餐呢!"

"可怜的好人,你还没吃早饭吗?我这就给你要些吃的来。"

"我什么都不想吃了。"

"别乱说。你就要承担重任了,必须保重身体。"

她拉了拉铃,吩咐应声而至的女仆端热咖啡来。咖啡来了,莉塞特把它倒进杯子。拉叙厄尔先生碰都不肯碰。她给小面包涂上黄油。他耸耸肩,吃了起来。他一边吃,一边对女人的背信弃义发表了几句宏论。她保持着沉默。

"不管怎样,"他说,"你没有不知羞耻地试图为自己辩解,这还算可以。你知道,我可以做到心狠手辣而于己无损。谁对我好,我对谁宽容大度；谁对我不好，我对谁冷酷无情。喝完咖啡我马上就走，离开这处住所，再也不会回来了。"

莉塞特叹了口气。

"现在我要告诉你，我本来给你准备了一个惊喜。我本来决定拿出一笔钱，作为咱们结合两周年的庆祝。万一我有什么不测，这钱也足以保障你独自过上体面的生活。"

"多少钱？"莉塞特闷声问。

"一百万法郎。"

她又叹了口气。突然，有个软乎乎的东西打在参议员的后脑勺上，吓了他一跳。

"怎么回事？"他惊叫。

"他在把睡衣还给你。"

原来是年轻人打开房门，把睡衣朝参议员头上一扔，紧接着关上了门。参议员把缠在脖子上的丝绸裤子解了下来。

"哪有这么还东西的！显而易见，你的朋友毫无教养。"

"他当然没有你的风度。"莉塞特喃喃地说。

"他有我的智力吗？"

"哦，没有。"

"他有钱吗？"

"一个子儿都没有。"

"那么，你究竟看中了他什么呢？"

"他年轻。"莉塞特微微一笑。

参议员低下头看着盘子,一颗泪珠涌出,顺着脸落入咖啡杯。莉塞特体贴地看了他一眼。

"我可怜的朋友,人这一辈子是不可能十全十美的。"她说。

"我知道自己不年轻了。可是我有地位,有财富,有活力。我想这弥补了缺憾。有的女人只喜欢上了些年纪的男人。有的著名女演员认为给部长当红颜知己属于荣耀。我教养太高,不便当面贬低你的身世,但是事实俱在,你是个服装模特,而我带你离开了年租金区区两千法郎的住所。这对你来说可谓一步登天。"

"我的父母虽然贫穷,然而清白,我没有理由为身世而惭愧;我的职业尽管低贱,可是我自食其力,你也没有权利羞辱我。"

"你爱那小子吗?"

"爱。"

"那你不爱我吗?"

"也爱。你们俩我都爱,不过爱得不同。我爱你,因为你是这么出众,谈吐又富于教益,生动有趣。我爱你,因为你宽容和善,慷慨大方。我爱他,因为他长着一双大眼、一头鬈发,而且舞跳得简直神了。这是非常自然的。"

"你知道,处于我这种地位,我没法带你去那些人跳舞的场所。我也敢说,他到了我这个年纪,头发也不会比我的多。"

"这倒很可能是真的。"莉塞特附和着,心里可没觉得这有多大关系。

"你姑母，尊敬的萨拉丹夫人，得知了你的所作所为会怎么说呢？"

"这对她其实也不会算是意外了。"

"你的意思莫非是，那位可敬的女士也赞同你的行为？世道哇，人心哪！[1] 那么，你们这种往来有多久了？"

"从我到服装店工作时就开始了。他为里昂一家大丝绸公司到各地推销商品。一天，他带着样品到了我们店。我们喜欢彼此的模样。"

"可是你的姑母在这里，她理应保护你，远离年轻姑娘在巴黎所面临的种种诱惑。她根本就不该允许你跟这个小子交往。"

"我没征求她的允许。"

"这件事足以把你那白发苍苍的可怜父亲气死。那位英雄为国服役而负伤，因而获得了出售烟草的特许。你就没为他着想过？你忘了作为内政部长，烟草专卖部门是归我管的吗？鉴于你恶劣的不道德行为，我要是吊销他的执照，可是在自己的权限之内的。"

"我知道你是这么高尚的正人君子，不至于干那么卑鄙的勾当。"

---

1 这句原文为拉丁语。

他大大咧咧地、尽管也许过于戏剧性地挥了挥手。

"你别害怕。即便尊严感促使我鄙视一个人的劣迹，我也绝不会降格到为了自己而报复另一位理应得到国家回报的人。"

他接着享用这中断了的早餐。莉塞特没说话，两人一时沉默无言。不过肚子填饱了，心情也就改变了。他开始感到自我怜悯，而非生她的气了。怀着对女人心思的奇怪无知，他想把自己打扮成同情的对象，以激发莉塞特的悔改之心。

"习惯一旦养成，打破可就难了。我在百事缠身的情况下，能抽空到这里来，实属放松和慰藉。你会由于我而有几分懊悔吧，莉塞特？"

"当然了。"

他深深地叹了口气。

"我居然完全没想到，你能把人骗到这个程度。"

"他怨恨的原来是欺骗。"她沉思地喃喃道，"男人这么想真是好笑。他们受到愚弄就耿耿于怀，这是由于他们太自负了。一些无关紧要的事情，他们却看得很重。"

"我居然发现你在跟一个穿着我睡衣的年轻人吃早餐，你把这当成无关紧要的事情吗？"

"假如他是我的丈夫，而你是我的情人，你就会认为这是完全自然的了。"

"那还用说。那样的话就是我在骗他，我的面子也就得以保全了。"

"简单地说,我只要跟他结婚就万事大吉了。"

他一时迷惑不解。随即,她的意思在他聪明的头脑中如电光照彻。他迅速地瞥了她一眼。她的一双媚眼闪着光,那是他一向为之倾倒的。她红润的大嘴巴似乎也浮现出调皮的微笑。

"别忘了作为参议院成员,依照共和国的全部传统,我可是社会道德和良好品行的权威支柱。"

"你非常看重这一点吗?"

他沉稳而庄重地捋了捋漂亮的方形髭须。

"丝毫都不。"他答道,而他使用的腔调具有一种法国意味,大概会使他较为保守的支持者们感到震惊。

"他会娶你吗?"他问。

"他非常喜欢我。他当然会娶我。要是我告诉他,我有一百万法郎的嫁妆,他会别无所求。"

拉叙厄尔先生又看了她一眼。他在气头上说打算过给她一百万法郎,那是大为夸张,意在让她认识到,自己的背叛在导致多么大的损失。然而在事关体面的时候,他是不肯食言的。

"他那种生活地位的年轻人,绝不可能奢望这么多钱的。而他要是非常喜欢你,就会总是守在你身边了。"

"我没告诉你他是个旅行推销员吗?他只能来巴黎过周末。"

"那就完全是另一回事了。"参议员说,"知道他不在的时候会有我照顾你，他自然会感到满意。"

"大为满意。"莉塞特说。

为了便于交谈，她立起身，舒舒服服地坐到了参议员的腿上。他体贴地握着她的手。

"我非常喜爱你，莉塞特。"他说，"我不愿你看错了人。你肯定他会使你幸福吗？"

"我想是这样的。"

"我要让人好好查一查。我绝不会容忍你嫁给一个性格不够模范、品德不够完美的人。既然打算让这个年轻人进入我们的生活，为了我们大家，就必须把他的情况摸个一清二楚。"

莉塞特没有提出异议。她知道，参议员喜欢做事讲究条理和方法。现在拉叙厄尔先生要走了，他要把自己的重大消息透露给拉叙厄尔夫人，还得接触议会党团中的各色人等。

"只剩下一件事没说了，"他在跟莉塞特温情道别时说，"你要是结婚了，我一定要你辞去工作。家才是妻子待的地方。已婚女人居然去抢男人的饭碗，也违反我的信念。"

莉塞特心想，五大三粗的年轻男人在大厅里往来招摇，扭着屁股，展示最新的时装，那种样子准会滑稽得很。不过，她尊重参议员的信念。

"会按你的意思办的，亲爱的。"她说。

拉叙厄尔先生的调查，结果非常满意。法律手续一办完，婚礼便在一个星期六的上午举行了。内政部长拉叙厄尔先生和萨拉丹夫人做证婚人。新郎是个身材颀长的小伙子,鼻梁笔直,眼睛漂亮,卷曲的黑发从前额一直梳到脑后。看他的外貌更像个网球手,而非丝绸推销员。由于内政部长的光临,市长也感到与有荣焉,于是按照法国人的习惯,发表了一篇祝词,力图一展口才。他以对新婚夫妇讲的一通话开头,所说的他们大概早就知道。然后,他对新郎说,其父母令人尊敬,本人从事的也是体面的职业。他祝贺新郎早早就结成婚姻关系,而许多年轻人在这个年纪还只知享乐。他提醒新娘,她父亲是大战中的英雄,其光荣负伤以出售烟草的特许得以补偿。他还对新娘说,她来到巴黎后,以在服装店工作换取体面的生活,而她所在的店铺,又属于法国品位与奢华的光辉体现。市长是风雅之士,他简要地提到了文学作品中各式各样的著名情侣。罗密欧与朱丽叶,两人短暂而正当的结合被可悲的误解打断;保罗和弗吉尼亚,弗吉尼亚宁愿随船沉入海中也不肯解衣入水有损端庄;最后是达夫尼斯跟赫洛亚,他们直至得到法定权威恩准之后方才完婚。[1] 他的话是如此感人,竟使莉塞特落下了几滴眼泪。市长向萨拉丹夫人表达了敬意,她的言传身教,有效地保护了年轻貌美的侄女,使之免于种种危险,那

---

[1] 保罗和弗吉尼亚:雅克-亨利·贝尔纳丹·德圣-皮埃(1737—1814)小说中的两个悲剧人物。达夫尼斯和赫洛亚:希腊作家朗戈斯(创作时期2—3世纪)小说《达夫尼斯和赫洛亚》中的一对纯洁的恋人。

些都是大城市中的单身女郎所可能遇到的。最后，他祝贺这对充满福气的新人，有幸得到内政部长关照，莅临证婚。可见他们自身的正直诚实，竟使这位实业巨子、政坛精英，不顾百忙，屈尊纡贵，甘为平头百姓做琐碎事。这也证实部长不仅宅心高尚，而且一意尽责。部长的行动表明，他理解早婚的重要性，肯定家庭的保障意义，并强调鼓励生育的愿望，人丁兴旺就能增加法国这个美丽国家的力量、影响和地位。市长的祝词的确是一篇精彩的演说。

婚宴是在马德里堡饭店举行的，此地足以引起拉叙厄尔先生的诸多感慨。前已述及，在许多企业，包括一家汽车制造公司中，部长（现在得这样称呼他了）都拥有股权。他送给新郎的新婚礼物，是自家公司生产的一辆非常漂亮的双座小汽车。午餐之后，年轻夫妇就乘这辆车去度蜜月。其实蜜月也就是这个周末，因为新郎还得回去工作，要到马赛、土伦和尼斯去推销商品。莉塞特吻了姑母，接着吻了拉叙厄尔先生。

"我星期一下午五点钟等着你。"莉塞特在拉叙厄尔先生耳边说。

"我一定到。"拉叙厄尔先生答道。

新婚夫妇开车走了。拉叙厄尔先生和萨拉丹夫人站了一会儿，目送漂亮的黄色敞篷车远去。

"他使她幸福就好。"萨拉丹夫人叹了口气。她不习惯在午餐中喝香槟酒，感到没来由的忧郁。

"他要是没使她幸福，可得小心我跟他算账。"拉叙厄尔先生凶巴巴地说。

他的车来了。

"再见，亲爱的夫人。你可以在纳伊大街乘公共汽车。"

他钻进汽车，想到等待他过问的国家大事，满意地吁了口气。就他的身份而言，这下子显然适当多了。他的情妇不该只是服装店的小小模特，而应该是体体面面的有夫之妇。

生活的事实

下午离开城里前,亨利·加尼特通常到俱乐部打一阵桥牌,再回家去吃晚饭。亨利·加尼特是个令人愉快的牌友。他深谙此道,你可以确信他会把手里的牌发挥得淋漓尽致。他输的时候不失风度,赢了则往往归功于运气而非牌技。他为人宽容,搭档犯了错也可以指望他为之开脱。所以这一次,听到他毫无必要地苛责搭档,说就没见过哪手牌打得比这还烂的,实在令人惊讶。大家更加惊讶地看到,他不但自己犯了大错,这种错是你绝对想不到他会犯的那种,还要在搭档反唇相讥地指出时蛮不讲理,急赤白脸地硬说自己完全正确。好在一起打牌的这些人都是老朋友了,所以没谁对他的失态太当回事。亨利·加尼特是个经纪人,一家著名公司的合伙人,一位牌友就想到,他心绪不佳是不是跟他有利害关系的什么股票出了问题。

"今天股市行情怎样?"牌友问。

"暴涨。傻瓜都在赚钱。"

显然，股票和股份与亨利·加尼特的烦恼无涉。不过同样显而易见的是，一定有什么事情不对劲。亨利·加尼特是个活跃人物，非常健康，广有钱财。他钟爱夫人，关怀儿女。他平时兴致总是很高。他们打牌时的闲聊往往信口开河，而这些胡说八道轻易便引得他发笑。但今天他只是闷闷不乐地坐着，一言不发。他双眉紧锁，满脸愠怒。没多久，为了缓解气氛，另一位牌友提起了一个话题，大家都清楚这是亨利·加尼特所津津乐道的。

"你儿子怎么样，亨利？我看他在锦标赛上发挥得相当好。"

亨利·加尼特的眉头皱得愈发紧了。

"他的表现并不出我的预料。"

"他什么时候从蒙特卡洛回来？"

"昨晚就回来了。"

"他的蒙特卡洛一行开心吗？"

"也许吧，我只知道他出了个大丑。"

"哦，此话怎讲？"

"你要是不介意的话我不想说这事。"

牌桌上的三个人好奇地看着他。亨利·加尼特则气鼓鼓地盯着绿呢的台面。

"对不起，老兄。你叫牌吧。"

牌局在不自然的沉寂中进行。加尼特叫了牌，而他打得一塌糊涂，接连三墩，闭口不言。另一盘开始，第二局里，有种花色他没打出。

"没牌吗?"搭档问他。

加尼特心气不顺，连话都没答。这一手打完，显见着他是藏了牌[1]。藏牌导致这盘又输掉了。理所当然，搭档不会由着他心不在焉而不置一词。

"见鬼了亨利，你到底怎么啦?"他说，"打得跟个白痴似的。"

加尼特感到不安。自己输掉整整一盘，他倒不是很介意；可是由于自己漫不经心而害得搭档也跟着输，这就太不落忍了。他振作了一下。

"我还是别打了吧。本以为玩几盘能使我平静下来，可是我实在没法把心思放到牌局上。说真的，我的心情坏透了。"

大家都笑起来。

"这个不用你告诉我们哪，老兄。这是明摆着的。"

加尼特可怜巴巴地朝众人咧了咧嘴。

"唉，我摊上的这档子事，要是你们也摊上，我敢说你们也会气坏的。实际上，我的处境尴尬得要命。旁观者清，在座哪位若能有所点拨，我会非常感激。"

"咱们先来喝一杯，你再原原本本地讲给我们。这里有王室

---

[1] 藏牌：桥牌术语，是一种犯规行为，指能跟出同一花色的牌故意不跟，或能按照判罚规定攻出某一花色的牌而故意不攻，却打出另外花色的牌。

法律顾问、内政部官员和著名医生——假如连我们都不能告诉你怎么办,那就没人能出谋划策了。"

王室法律顾问立起身,摇铃召唤侍者。

"事关我那个不省心的孩子。"亨利·加尼特说。

酒点完了也端了上来。下面就是亨利·加尼特讲给他们的故事。

亨利·加尼特所说的孩子是他的独子。他儿子大名叫尼古拉斯,人们自然称之为尼基。今年十八岁。加尼特家还有两个女儿,一个十六,一个十二。只是,不管看上去多么不合常情——因为一般来说父亲最疼女儿,而亨利·加尼特虽然尽量不显偏心,无疑还是更欣赏儿子。他对女儿们很好,亲切而随意,生日和圣诞节送给她们漂亮的礼物;但他更宠爱尼基,爱到无以复加。他的全部心思都在儿子身上,简直是不错眼珠地盯着看。这倒也怨不得他,因为任何做父母的,都会为有这么个儿子而骄傲。尼基身高一米八九,肢体柔韧而强健,肩宽腰细,身姿笔挺;相貌周正,富于魅力,淡棕色的头发微微卷曲,蓝眼睛,长睫毛,浓眉,嘴唇红润而饱满,晒黑的皮肤清清爽爽;笑起来露出整齐洁白的牙齿。他性格并不腼腆,但举止带着谦逊,招人喜欢;与人交往时随和,有礼貌,安静而快活。他是正派、健康而体面的父母的后代,在良好的家庭环境中得到精心培养,又被送进优秀的学校接受教育。如此长成的,通常必然是个冠绝一时的青年才俊。人们都觉得他诚实，开朗，品质优异，表里如一。他从未使父母感到片刻的不安。孩童时他极少生病，又不淘气。少年时样样事情都做得不负众望。他的学习成绩出色，人缘也出奇地好，作为学生会主席和足球队队长，中学毕业时获奖众多。而且不仅如此，在十四岁时，尼基出人意料地显露出在草地网球方面的天分。这种运动他父亲不但爱好，而且相当擅长。觉察到儿子具备的网球手潜质，亨利·加尼特自是悉心发掘，在学校放假期间，请最好的专业人员加以指点。到十六岁时，尼基已在同年龄段里打赢了若干场锦标赛。父子对阵，他能把亨利·加尼特打得落花流水，老球手只有凭借慈父之爱来平复惨败的沮丧。十八岁时，尼基上了剑桥，亨利·加尼特也暗生期盼，希望尼基在毕业前能够代表学校打球。尼基拥有成为杰出网球手所需的全部素质：他身量高，臂展长，脚步敏捷，时机又把握极佳。他出自本能地意识到来球落点，又显得不慌不忙地及时到位击球。他发球凶狠，破发刁钻难敌，正手球又低又远又准，具有致命的力量。他的反手则不够好，截击也缺乏章法，不过在上剑桥之前的整个夏天里，亨利·加尼特把他送到全英国最好的教练手下，针对这些弱点进行训练。虽然连对尼基本人都没提起，亨利·加尼特心底的远大雄心是，能看到自己的儿子在温布尔登参加比赛。谁知道呢，也许还能被推选代表国家争夺戴维斯杯。亨利·加尼特在臆想中看到自己的儿子跃过球网，跟刚击败的美国冠军握手，又在观众震耳欲聋的鼓掌欢呼中退场,他的喉咙完全哽塞了。

作为温布尔登的铁杆球迷,亨利·加尼特在网球圈子里朋友众多。一天下午,在城区的一个晚宴上,他坐在一位网球界名流布拉巴宗上校旁边,没多久就跟上校聊起了尼基,谈及在下一个赛季里,尼基被选中代表剑桥参赛的可能性。

"你怎么不让他到蒙特卡洛去,参加那里的春季锦标赛呢?"上校忽然问。

"哦,我觉得他水平还不够。他还没到十九岁,去年十月才上剑桥。那么多高手,他毫无胜算。"

"毫无疑问,奥斯汀和冯克拉姆等人会把他干掉,但他也许拿得下一两局;而他要是打败几个较弱的对手,也就没理由不赢上两三场。他从来没跟一流运动员交过手,而这次对他会是最好不过的实战。他从中能学到很多东西,远胜于你为他报名的那些海滨锦标赛。"

"这个我不想考虑。我不会让他在学期里离开剑桥。我总是让他铭记,网球只是游戏,不可影响学业。"

布拉巴宗上校问加尼特,这个学期何时结束。

"这就没问题了。他只需提前三天走,这个肯定能安排。你看,我们一直看好的两个选手已经指望不上了,我们正缺人呢。我们想派出尽可能优秀的队伍。德国人在选派最好的球手,美国人也是。"

"真的不行,老兄。第一,尼基还不够好;第二呢,没人照看就让他这么个孩子去蒙特卡洛,这个我想都不想。我自己也能去的话,我也许会考虑考虑,可我去不了。"

"我会在那里呀。我将作为不上场的英国队队长去。我会照看他。"

"你那时候会很忙的,再说,我也不愿让你负这份责任。他长这么大都没离过家。跟你说实话,他要是去了,我会一刻都放不下心的。"

这个话题就此搁下,亨利·加尼特随后回家。上校的提议使他得意非常,他忍不住讲给夫人。

"没想到他这么看重尼基。他跟我说,他看过尼基打球,球风很好。只需更多的实战就能脱颖而出。终有一天,我们会看到他在温布尔登打进半决赛的,老伴儿。"

令他惊讶的是,加尼特夫人意外地没有强烈反对上校的见解。

"毕竟孩子也十八了。尼基从来都没胡闹过,没有理由操心他现在会出什么差错吧。"

"还得考虑到他的学业,可别忘了这个呀。允许他期末缺课,我认为这会是个非常坏的先例。"

"可是少上三天课能有多大关系?剥夺他这么个机会可就太遗憾了。我肯定你要是问他,他会迫不及待地想去。"

"这个嘛,我不打算问。送他上剑桥可不只是去打网球。我知道他处事沉稳，但把诱惑摆到他面前就愚蠢了。他年纪还是太小，不适合只身去蒙特卡洛。"

"你说他跟那些高手对阵不会有机会，可是这也难说。"

亨利·加尼特轻轻地叹了口气。从伦敦开车回家的路上他想到过，奥斯汀的身体状况不够稳定，冯克拉姆最近也成绩欠佳。假设，只是为了讨论而假设啊，尼基有些许那样的运气——那么无疑，他就会被选中代表剑桥参加比赛。不过当然了，这纯属胡思乱想。

"绝对不行，亲爱的。我已经想好了，不会改主意。"

加尼特夫人没再说什么。不过第二天她写信给尼基，告诉他这件事，又设身处地提出，要是想去而希望取得他父亲同意的话，该怎么做。过了一两天，亨利·加尼特收到了儿子的信。尼基兴奋不已。他找了导师，导师自己也打网球；而尼基所在学院的院长正好认识布拉巴宗上校，不会反对他在学期结束前离开。他们两位都认为不应错过这个机会。他看不出参赛能有什么害处。而父亲若肯通融，只此一次，那么，下个学期，他郑重承诺，一定要拼命学习。信写得很是入情入理。在早餐桌边，加尼特夫人看着丈夫读信，对他的一脸不悦无动于衷。亨利·加尼特把信扔给了她。

"我不明白，你怎么以为有必要，把我私下告诉你的事讲给尼基。这大错特错。现在你完全惹得他不安分了。"

"对不起。我就是想，布拉巴宗上校对他的评价如此之高，他会乐于得知的。我不明白，为什么传话只应传别人说的坏话。当然了，我讲得清清楚楚，不存在他去的可能。"

"你把我弄得很难办。如果有什么事让我厌恶，那就是被儿子视为一个扫兴的人，一个暴君。"

"哦，这个他绝对不会。他可能认为你糊里糊涂而不讲道理，不过我肯定他会理解，你这么不近人情，完全是为了他自己好。"

"上帝呀。"亨利·加尼特说。

他妻子差一点笑出来。她知道这一仗打赢了。哎呀，哎呀呀，让男人做你想要他们做的事，这是何等轻而易举。拘于面子，亨利·加尼特坚持了四十八小时，不过随后他让步了。两周以后，尼基来到伦敦。第二天一早尼基就要去蒙特卡洛了，晚饭后，等加尼特夫人和大女儿离开，亨利便抓住机会，给予儿子一些有益的忠告。

"在你这年龄就让你只身去蒙特卡洛这种地方，我真的觉得不太得劲。"他最后说，"不过事已至此，我只能指望你行事理智。我不想充当严厉的父亲，不过有三件事想特别告诫你：一是赌博，不要赌博；二是钱财，不要借给任何人钱；三是女人，不要跟女人有任何瓜葛。只要这三件事都不做，你就不会受到太大伤害，所以切记此三不。"

"好的，父亲。"尼基微笑道。

"这是我对你的临行嘱咐。我知道自己洞明世事,所以你要相信我,我的忠告是明智的。"

"我不会忘记的,我向你保证。"

"这才是好孩子。现在咱们上楼去跟你妈她们一起坐吧。"

在蒙特卡洛锦标赛上,尼基既没打败奥斯汀也没打败冯克拉姆,可也没丢脸。他爆冷门战胜了一个西班牙球员。与一名奥地利选手的比分咬得那么紧,也使所有的人都觉得不可思议。在混合双打中,他闯进了半决赛。他的魅力征服了所有的人,他自己也非常享受比赛过程。大家公认他显示了潜力,布拉巴宗上校也对他说,随着年龄稍长,跟一流球手更多过招,他会使他父亲引以为荣的。锦标赛结束,第二天尼基就要飞回伦敦了。比赛期间,他一心保持最佳状态,起居非常谨慎,很少吸烟,滴酒不沾,早早就寝;但在最后一晚,他觉得,不妨多少见识见识蒙特卡洛的生活,对此他听说得太多了。主办方为参赛球员举办了一场正式晚宴。宴会之后,他跟众人一起走进了运动俱乐部。这还是他头一次进这地方。来到蒙特卡洛的人很多,俱乐部的各个房间人头攒动。除了在电影上,尼基还从没见过人们玩轮盘赌。他茫然地在遇到的第一张赌台旁停下脚步。大大小小的筹码散布在绿呢的台面上,显得一片混乱。庄家把轮盘用力一转,又扬手扔进一颗白色的小球。经过一段似乎无尽的时间,小球终于停了下来,另一个庄家于是用耙子把输家的筹码收走,动作粗鲁,神色漠然。

尼基随后溜达到玩纸牌赌博的地方，可是看不出个所以然来，便觉无味。他望见另一个房间里挤着一群人，就也逛了进去。一场巴卡拉纸牌豪赌正在进行，他立刻感受到了现场的紧张气氛。赌客由一根铜制的横杆与旁观的人群隔离开来。他们坐在牌桌边，两方各为九人。发牌人居中，庄家与之隔桌相对。大笔的钱财在不断地换手。发牌人是希腊辛迪加的一员。尼基端详着他那副冷脸。他的眼光十分机警，然而表情从无变化，无论是输是赢。这种景象可怕而怪异，令人印象深刻。尼基是在不尚奢靡的家庭环境中长大的，现在目睹翻开一张牌就是上千英镑的输赢，而输家说了句俏皮话便一笑置之，不由得感觉格外刺激。整个场面十分惹人亢奋。这时一个熟人来到他身边。

"赢钱了吗？"他问。

"我始终没玩。"

"你很明智。赌博坏透了。咱们还是去喝一杯吧。"

"好。"

一起喝着酒，尼基告诉朋友们，他还是头一次进这些房间。

"哦，可你在走之前一定要小赌一把。不试试运气就离开蒙特卡洛未免呆傻。说到家，就算输个百把法郎也无关紧要。"

"这话不假，只是家父本来就不太情愿我来这儿，而且他特意叮嘱我不能做的三件事中，有一件就是赌钱。"

可是跟朋友们分手后，尼基又转回玩轮盘赌的地方。他在一张赌台旁站了一阵子，眼见着输家的钱被庄家收过去，赢家的钱被付出来。无可否认，这的确是刺激的事。朋友说得对，不曾在赌台上押下些钱，仅仅一次，就离开蒙特卡洛，确实显得够傻的。这会是一种体验，而在他这个年龄，就得尽可能获取所有的体验。他琢磨着，自己并没答应父亲绝不赌钱，自己答应的是不忘他的忠告。这不全是一回事，对吧？他从口袋里掏出一张一百法郎的钞票，小心翼翼地把它放在了数字十八上。选这个数字，是因为正好是他的年纪。他的心脏狂跳着，眼睛紧盯着轮盘的转动，白色的小球像个顽皮的小妖精般飞转。轮盘转得越来越慢，白色的小球则迟疑着，似乎要停下了，然而又转起来。当它落入数字十八的格子里时，尼基简直不敢相信自己的眼睛。许多筹码朝他送过来，他接的时候手都在颤抖。这看起来相当于一大笔钱呢。他一时乱了方寸，完全没想下一盘如何下注的事，实际上他根本都不想再赌了，一次足矣。当结果再度显示为十八时，他大吃一惊。这个数字上只放了一个筹码。

"老天爷，你又赢啦。"站在近旁的一个人说。

"我？我没下注啊。"

"不对，你下了。你原来的赌注。只要你没提出撤销，他们就总是让它留在那里的。你不知道吗？"

又一堆筹码给他送过来。尼基的头都发晕了。他数了数进项：七千法郎。他生发出一种奇异的力量感。他觉得自己绝顶聪明。

这是他迄今所知最容易不过的生财之道了。他率真可爱的脸上洋溢着笑意。他明亮的目光遇上了站在身边的一个女人的视线。她嫣然一笑。

"你运气真好。"她说。

她说的是英语,不过带有外国口音。

"我简直没法相信。这可是我头一次玩。"

"你运气好的原因就在于此。借给我一千法郎,好吗?我带的钱都输掉了。半小时之内我就还你。"

"好吧。"

她从他那堆筹码中拣了个大号的红色筹码,道了声谢就消失了。先前跟他说过话的那个男人嘟囔了一句。

"你再也见不到那钱了。"

尼基一下子清醒过来。父亲特别嘱咐过不要借给任何人钱的。这事做得有多蠢!还是借给一个素昧平生的人。不过实情是,他刚才只是觉得对人类无比热爱,所以根本没想到拒绝。而至于那个大号红色筹码,也几乎不可能认识到它具有什么价值。哦,算了,没关系啦,还有六千法郎呢,再试仅仅一两次,看看手气如何,没赢的话回家就是了。他在数字十六上放了个筹码,这是大妹妹的年纪,可是没押中;又放到数字十二上,这是小妹妹的年纪,还是没押中;他又随意试了几个数字,然而都没押对。奇怪呀,他似乎丧失了本事。他想那就再试一次,然后收手;结果他赢了。输掉的已经全部捞了回来，而且有余。赌了一个小时，几番起落沉浮，感受到平生未曾知晓的刺激，他发现自己拥有了大量的筹码，衣服口袋都快装不下了。他决定走了。他前往兑换处。当两万法郎的钞票在面前摊开时，他倒抽了一口气。他这辈子都没见过这么多钱。他把钱装进口袋，转身正要离开时，他借给了一千法郎的女人走上前来。

"我一直在到处找你，"她说，"就怕你已经走了。我都快急死了，不知道你会把我想成什么人。这是你的一千法郎，非常感谢你借钱给我。"

尼基顿时涨红了脸，惊讶地凝视着她。他刚才是怎样地错怪了她呀！父亲说过，不要赌钱；好，他赌了，结果是赚了两万法郎。父亲还说，不要借给任何人钱；好，他借了，而且是借给素昧平生的人一大笔钱，结果是她还回来了。事实证明，他完全不是父亲所以为的那么个傻瓜：他当时就有种直觉，觉得可以放心地借给她，而你看，他的直觉果然不错。只是他这会子如此满面惊诧，那位娇小的女士忍不住笑了起来。

"你怎么啦？"她问。

"实话告诉你，我真没想到这钱能还回来。"

"你把我当成什么人了？你以为我是个——妓女吗？"

尼基的脸一直红到鬈发的发根。

"没有，当然没有。"

"我看起来像吗?"

"一点都不像。"

她穿得非常素净,一身黑,戴着条金珠子项链。式样简单的连衣裙尽显其匀称玲珑的身段。一张秀丽小巧的脸,头发梳理得整整齐齐。她化过妆,但不浓艳,尼基估计她最多也就大自己三四岁。她对尼基友善地笑了笑。

"我丈夫在摩洛哥的政府机关做事,我到蒙特卡洛来待上几个星期,因为他觉得我想出来散散心。"

"我正打算走呢。"尼基说,因为他想不出别的话来说。

"已经要走啦!"

"嗯,我明天一大早就得起床,要搭飞机回伦敦。"

"这个自然。锦标赛今天结束了,是吧?我看过你打球,你知道,看过两三场。"

"是吗?我不知道你怎么会注意到我。"

"你在球场上风度翩翩哪。你穿着运动短裤的样子也非常帅气。"

尼基并非狂妄之徒,不过的确有个念头在心中一闪,即她借那一千法郎,也许就是为了结识自己。

"你去过尼克博克夜总会吗?"她问。

"没有,从没去过。"

"哦,那你不去见识一下就不该离开蒙特卡洛。为什么不去跳会儿舞？实话跟你说，我现在饿得很，真想吃份火腿蛋哪。"

尼基想起父亲的忠告，不要跟女人有任何瓜葛，不过眼下就不同了；这个漂亮的小女人，一望即知完全就是良家妇女。她丈夫是在政府的行政部门之类地方供职，他想。尼基父母有的朋友就是公务员，他们及其夫人有时候到加尼特家吃饭。那些夫人真就没这么年轻也没这么漂亮，而她的淑女风范完全不下于她们。再说了，在赢了两万法郎之后，尼基觉得，找点乐子也无可厚非。

"我非常乐于和你一起去。"他说，"不过，如果我不待太久的话，你不会在意吧？我已经关照旅馆，让他们七点钟叫醒我。"

"你愿意什么时候离开咱们就什么时候离开。"

尼基发现尼克博克是个非常惬意的所在。他胃口大开地吃了份火腿蛋。两人分享了一瓶香槟。他们跳舞，娇小的女士夸奖他的舞姿优美。他知道自己舞跳得相当好，当然她也是个很配合的舞伴，如羽毛般轻盈。她的面颊贴到了尼基的脸上，四目相对时她的眼中笑意盈盈，使得尼基心头鹿撞。一个有色人种女子以沙哑性感的嗓音唱着歌。舞池里挤满了人。

"有人告诉过你你非常英俊吗？"她问。

"哪有哇。"尼基笑道。"天哪，"他暗想，"我相信她爱上我了。"

尼基并非傻瓜，他明白女人们常常喜欢他，于是在她说了这话后，把她搂得略紧了些。她闭上眼睛，轻轻地发出一声叹息。

"要是当着这么多人的面吻你，我觉得好像不太妥当。"他说。

"你认为他们会把我当成什么人呢?"

夜已渐深,尼基说,他觉得自己真的该走了。

"那我也走吧。"她说,"你顺路把我送到旅馆好吗?"

尼基付了账。数额之大很有些出乎意料,不过口袋里有那么多钱,令他足以不在乎。他们坐进一辆出租车,她紧紧地依偎着尼基,尼基就吻了她。她看来喜欢这个。

"老天爷,"尼基暗想,"真不知道会出什么事情。"

她是已婚女人不假,然而她丈夫在摩洛哥呢,而且看起来她确实爱上了自己。完全是这样的。父亲警告过自己不要跟女人有任何瓜葛,这也不假,不过,尼基又琢磨着,自己实际上并没答应不招惹女人,自己只答应了不忘父亲的忠告。是的,自己没有忘,此时此刻心里还在记着呢。不过凡事不可一概而论。她是个甜蜜的小女人。这么难得的艳遇机会,现在宛如用盘子端到面前,放过就显得迂腐了呀。他们到达她住的旅馆门前,他付了车钱。

"我要走回去。"尼基说,"在那个闷气的地方待过之后,新鲜空气对我会有好处。"

"上去坐一会儿吧。"她说,"我想给你看看我儿子的照片。"

"啊,你已经有孩子了?"尼基叫道,稍感失望。

"是呀,一个可爱的小男孩。"

尼基跟着她上了楼。尼基丝毫都不愿看她孩子的照片,只是想到装作愿意合乎礼貌而已。他担心自己先前露怯了。他想到,她这会儿带自己上去看照片,为的是不动声色地提示,他自作多情打错了主意。尼基告诉过她自己十八岁。

"我想,她认为我只不过是个孩子。"

尼基懊悔起来,情愿自己不曾在夜总会为喝香槟花那许多钱。

不过,她根本都没给尼基看孩子的照片。他们刚进房间她就转过身来,搂住尼基的脖子,满满地吻住他的嘴。他这辈子都没被这么热烈地吻过。

"亲爱的。"她说。

一霎间,父亲的忠告再度闪现于尼基的头脑中,不过他随即便忘却了。

尼基睡觉非常轻,些微声音都可能把他惊醒。两三个小时后他醒了过来,一时想不出自己身在何处。房间里不是很黑,因为浴室的门没有关严,里面的灯是开着的。忽然,他意识到房间里有人在走动。于是,他想了起来。他看出来这人是他的娇小女友。尼基正要开口说话,她举止中的什么东西使尼基闭上了嘴。她小心翼翼地挪着脚步,仿佛唯恐惊醒尼基。她还停下来一两次,向床这边张望。尼基纳闷她是要干吗,不过很快就明白了。她朝尼基放衣服的椅子走去,而且又一次往尼基这边看。她等了一阵子,时间在尼基看来长得无止无休。室内静到极点,尼基觉得都能听到自己的心跳。然后,非常缓慢,非常安静,她把尼基的上衣拎了起来,手伸进内侧口袋,把尼基如此得意地赢来的那些美丽的千元大钞全都掏了出来。她把上衣放回去,又盖上几件别的衣物,以便显得没被动过,然后,一沓钞票攥在手里,她又一次站了相当长时间,一动不动。尼基压下了跳将起来抓住她的本能冲动。这一方面是惊讶使他静止,一方面是他想到,身在国外,处于陌生的旅馆里,要是吵闹起来,不知后果如何。她望着尼基。尼基的眼睛半开半合,不过他确信,她以为他是熟睡的。在一片寂静中,她不会听不到他均匀的呼吸。再度认定自己的行动不曾惊动尼基之后,她无比谨慎地穿过房间。窗前小几上摆着一盆瓜叶菊。此刻尼基瞪圆了眼睛注视着她。植株在花盆里栽得显然很不结实,因为她握着茎部就把花拉了出来。她把钞票搁在盆底,又将花放了回去。那可真是藏匿物品的绝妙所在。任谁都无从设想,盛开的鲜花之下还能藏有什么东西。她用手指把泥土压实之后,非常缓慢,加着小心不弄出一点声响,蹑手蹑脚地穿过房间,溜回床上。

"亲爱的。"[1] 她以爱抚的口吻叫道。

尼基稳定地呼吸着,一如陷于沉睡之中的人。娇小的女士于是转过身去,放心入睡。而尼基呢,人虽然躺得纹丝不动,心里却是倒海翻江。适才目睹的一幕使他怒气填膺,他在心里恨恨地

---

1 原文为法语。

自言自语。

"她就是个可恶的贱人。还胡扯什么她的宝贝儿子以及在摩洛哥的丈夫。我简直瞎了眼!她是个该死的贼,就是这么个东西,把我当成傻子了。她要是以为如此得手后将会脱身,可就大错特错了。"

尼基已经打算好要怎么使用如此聪明赢来的钱了。他一直都想有辆属于自己的汽车,而且觉得父亲不肯给他买一辆未免显得有些小气。毕竟,一个大小伙子,不会愿意总是开全家人都用的车子。好吧,正好给老爷子上一课,自己买一辆。两万法郎,大约相当于两百英镑,可以买一辆有模有样的二手车了。他一心索回这笔钱,只是一时拿不准如何着手。他不愿意大吵大闹。自己人地两生,身处一无所知的旅馆里;这个恶女人很可能有同伙在这里,他不怕跟任何人公平地对决,可要是有人掏出枪来指着他,那可就傻眼了。再说了,足够理智地细想一下,他也没有真凭实据,证明这钱是自己的。要是较起真来,女人一口咬定钱是她的,他就很容易眼看自己被带到警察局去。他真不知道如何是好。这时,听着女人均匀的呼吸,他知道娇小女士睡着了。她必定是无忧无虑地入睡的,因为已经顺利得手。尼基不由得怒火中烧:自己烦恼得要死,干躺着睡不成,她却如此优哉游哉地歇息。突然间,他计上心头。此计是如此之妙,他全凭调动起全部自制力,才不曾跳下床来,当下依计行事。她的把戏两个人都可以玩啊。

她偷了他的钱；好哇，他不妨再偷回来就是，如此两人就扯平了。他决定安安静静地等待，直到确定贼女人睡熟。他等了在自己看来很长的时间。她一动没动，呼吸跟孩子一样均匀。

"亲爱的。"他终于叫了一声。

没回答，也没动，她丝毫反应都没有。尼基于是非常缓慢地，挪一下就停一停，悄悄从床上溜下来。他静止站立了一会儿，观察着看是否惊动了她。她的呼吸跟刚才一样均匀。先前静等的时候，他已经用心记住室内家具的位置，以免在穿过房间时碰到桌椅，发出响动。他走两步停一停，然后再走两步。他把脚步放得非常轻，走动时悄然无声。他用了整整五分钟才到达窗前，在窗前再度等待。他吓了一跳，因为床铺发出轻微的嘎吱声，不过那只是睡着的女人翻了个身。尼基强迫自己等着，直至数到一百。她睡得像根木头。尼基无比小心地抓住瓜叶菊的茎部，轻轻把它拉出花盆。他用另一只手探进去，当手指触摸到钞票时，他的心急促地怦怦直跳。他五指合拢，慢慢地把钱悉数取出。他将植株重新放好，接着仔细地把泥土压实。在做这一切的同时，他始终以眼睛的余光留意着躺在床上的人。那个身体一动没动。又停留了一会儿，他才蹑手蹑脚地溜到放着自己衣服的椅子旁。他先把那沓钞票放进上衣口袋，然后着手穿衣。这费了足足一刻钟时间，因为不能弄出一丁点声音。在晚礼服里面，他穿的是件没浆过的衬衣。他为此暗自庆幸，因为穿起来比浆过的易于避免出声。没有镜子,打领结有些困难,不过他很明智,想到就算打得不够好也实在无关紧要。他的情绪持续高涨。整个事件现在开始显得更像一场游戏了。最后他终于穿戴停当,除了鞋子。他拎起鞋,打算到了走廊里时再穿。现在他得穿过房间到门口去了。他如此悄无声息地走到门边,就连睡觉最轻的人都不可能惊动。只是门总得打开。他极其缓慢地转动钥匙,还是发出了摩擦声。

"谁?"

小女人一下子从床上坐了起来。尼基的心跳到嗓子眼儿。他尽力保持镇定。

"是我呀。已经六点钟,我得走了。我一直在避免吵醒你。"

"哦,我忘记了。"

她又倒回到枕头上。

"既然吵醒了你,我就把鞋穿上吧。"

他坐到床沿上,穿好了鞋。

"你出去的时候小点声,旅馆的人不喜欢嘈杂。哦,我真的好困哪。"

"你再接着睡好了。"

"走之前亲亲我。"他弯下身亲了她一下。"你是可爱的男孩,又是绝妙的情郎。一路顺风。[1]"

---

1 原文为法语。

尼基直到出了旅馆才放下心来。天色已经破晓，空中万里无云，海湾里风平浪静，游艇和渔船停泊得稳稳当当。码头上渔民准备着开始一天的劳作。大街小巷空无一人。尼基深深地吸入一口清晨甘美的空气。他觉得耳聪目明，浑身通泰。他还感到兴高采烈，得意扬扬。他昂首挺胸，大步走上山坡，路过赌场前的一个个花园——园中的花朵在明亮的晨光中露珠晶莹，娇美鲜艳——一直走到所住的旅馆。在这里，一天已经开始了。前厅中，戴着围巾和贝雷帽的门童们正在忙着清扫。尼基上楼进入房间，洗了个热水澡。他躺在浴缸里，满意地想着，自己可不是有些人以为的那种傻小子。洗过澡，他晨练，换衣，收拾行李，然后下楼吃早餐。他的胃口好极了，才不要吃清淡的欧陆式早餐！他吃了葡萄柚、麦片粥、咸肉和鸡蛋，刚出炉的面包酥脆可口，进嘴就化，还有酸果酱和三杯咖啡。虽然先前就感觉浑身通泰得很，饱餐后就更是飘飘欲仙了。他点上最近才学会抽的烟斗，结了账，跨进等着送他去机场的汽车，机场位于戛纳的另一边。从蒙特卡洛直到尼斯的路都处在丘陵上，下方就是蔚蓝的大海和海岸线。他不由得感叹，景色实在是太美啦。他们穿过尼斯，清晨的尼斯显得如此愉快亲切。随后他们就驶上了一条漫长而笔直的大道，道路沿着海岸延伸。在旅馆结账时，尼基用的并不是头一天晚上赢的钱，而是父亲给他的。在尼克博克，付晚餐费用时他换开过一张一千法郎，不过骗子小女人还回了借去的那一千法郎，所以他口袋里还是两万法郎。他想，不妨看一眼这些钞票。他几乎失去了它们，所以对他而言，这笔钱的价值等于翻了番。在旅馆里换上旅途穿的衣服时，为了保险，他把钱塞进了裤子后兜。这会儿他就把钱掏出来，一张一张地数起来。奇怪得很，钱数有了变化。这沓千元大钞不是应该的二十张，而是二十六张。何以如此，他根本无法理解。他又数了两遍，完全正确。不知道怎么回事，手中的钱不是应该的两万法郎，而是两万六千法郎。他想不明白。他问自己，头一天晚上在运动俱乐部，赢的钱是否可能比自己所认为的多。可是不会呀，这是绝对不可能的。他清楚地记得，兑换处的人将钞票在柜台上摊开，五张一排，一共四排，他自己也数过的。突然间，他恍然大悟。他把瓜叶菊拉出来之后，手伸进花盆里的时候，是把摸到的所有东西都抓了出来。花盆就是小贱人的存钱罐，他拿出来的不仅是自己的钱，还有她的积蓄。尼基在车里向后一靠，大笑起来。这是他这辈子所知最滑稽的事了。而想到上午过些时候，那个女人醒来，跑到花盆那儿去，指望着找到如此机关算尽而骗取的钱，却发现不仅赃款不翼而飞，连自己的钱都无影无踪，尼基就笑得更厉害了。就尼基而言，他什么事都做不了。既不知道女人姓甚名谁，也不知道女人带他去的酒店名称是什么。就算想还钱都做不到。

"这真是活该她倒霉了。"他说。

这就是亨利·加尼特在牌桌上告诉朋友的故事。因为头一天晚上,吃完了饭,在母女俩离开父子二人回她们的房间去之后,尼基把事情从头到尾讲了一遍。

"要知道,最气人的是他还那么扬扬自得,口气活像刚吞了只金丝雀的猫。你们知道他讲完之后又对我说什么?他用他那双无辜的眼睛盯着我说:'你看,父亲,我忍不住想,你给我的忠告有些不对劲。你说,不要赌博;可是,我赌了,结果赢了一大笔。你说,不要借给任何人钱;可是,我借了,结果拿回来了。你还说,不要跟女人有任何瓜葛;可是,我有了,结果倒赚了六千法郎。'"

三个牌友不禁大笑,这并没使亨利·加尼特的心情有任何改善。

"你们全然不妨视为笑料,然而要知道,我可是难堪到了极点。这孩子本来钦佩我,尊敬我,把我的任何话都当作绝对真理;而现在,我从他眼睛里看出,他只把我视为唠唠叨叨的老傻瓜了。我再说什么'一燕不成夏'都没有用。他不明白这仅仅是一次侥幸,他以为这一切都由他个人的聪明造成。这会毁了他的。"

"你的确显得有几分像大傻瓜,老伙计。"一位牌友道,"无可否认了,是不是?"

"我明白是这样的,我不喜欢落到这个地步。这实在是太不公道了。命运没有权利玩这样的恶作剧。毕竟,你得承认我的忠告是好的。"

"非常之好。"

"这个可恶的孩子玩火本该烧到手指的。结果呢,他毫发无伤。列位都是老于世故之人,你们告诉告诉我,现在我该怎么办。"

可是他们谁都无计可施。

"这么说吧,亨利,我要是你的话就不会自寻烦恼。"王室法律顾问说,"我相信你这孩子是天生走运,而放长远看,这比天生聪明或天生富贵强。"

审判席

　　这三个人耐心地等候轮到自己，不过耐心对于他们并不算新东西，他们已经坚持了三十年。这三个人的一生都是为这一刻所做的漫长准备，现在他们期待着裁决，即便不是充满自信——因为自信在如此重大的场合也许不合时宜——至少也是怀着希望和勇气。当初，罪恶之花盛开的草地平铺于前，风光旖旎撩人，他们却选择了穿越狭隘的山口和崎岖的小路。他们昂首挺胸，不惜心碎，顶住了诱惑。现在，克服了艰难险阻，他们期盼着褒奖。他们无须语言交流，因为深知彼此的所思所想。而且三人都从心底感到，自己脱离了肉体的灵魂洋溢着同样的欣慰与感激。假如当初屈服于激情——开始时似乎是不可抗拒的——现在他们会有多么痛苦；假如为了短短几年的欢娱而牺牲掉永生，这终于如此灿烂地在眼前闪耀的永生，那又会是何等的疯狂！他们觉得自己就像死里逃生的人，幸而躲过大劫大难，摸着自身手脚尚在，难以相信生命犹存,惊魂未定地环顾四周。他们没做过任何需要自责的事。等他们的天使稍后过来,告诉他们时刻到了的时候,他们就会举步前行,一如走过现已远在身后的世界,欣然意识到自己已经尽到了责任。他们在旁边站了一会儿,因为人群太庞大了。一场可怕的战争正在进行,几年来,各个国家的士兵,年纪轻轻,生机勃勃,排成无尽的长队开往最后审判席。还有妇女和儿童,他们的生命被暴力可悲地剥夺,或者更不幸,由悲伤、疾病和饥饿无情地终结了。天堂的法庭里丝毫不乱,秩序井然。

同样是由于这场战争,使这三个苍白的、战栗的幽灵站在此地,等待着对他们的最终判决。约翰和玛丽,他们搭乘的轮船被潜艇发射的鱼雷击沉了;露丝,她一向高尚地忘我工作,被繁重的工作毁掉了健康,闻知自己钟爱过的男人的死讯,她承受不住打击也死去了。如果不是极力营救妻子,约翰的确可能保存住自己。他是恨她的,他对她恨之入骨有三十年了,然而他一直对她尽到了自己的义务。而这一次,在大难临头之际,他想都没想过还有另外的选择。

终于,天使牵着他们的手,把他们引到上帝面前。有那么一小会儿,上帝根本没注意到他们。要是非得说出实情,那就是他正觉得心情不佳。刚才做的审判,对象是个哲学家。这个天年尽享,荣名满身的哲学家,当面对上帝说,自己不信仰他。这话并不能扰动万王之王的安详沉静,而只会让他微微一笑;倒是,哲学家或许不公平地利用了人间正在发生的种种不幸,质问冷眼旁观的上帝,他如何能够将他的全能与全善调和起来。

"谁都无法否认邪恶的事实存在。"哲学家庄严地声称,"因而,上帝倘若不能防止邪恶,他就不是全能的;倘若能够防止它而不愿实行,他就不是全善的。"

对于无所不知的上帝,这一论证当然不算新鲜,不过他总是拒绝思考该命题。因为实际情况是,尽管洞察一切,他并不知道这个问题的答案。即便上帝也无法算出二加二等于五。然而哲学家不肯善罢甘休。如同哲学家们常常会做的那样,即从合理的前提导出不合理的推论——哲学家得出了结论,在这种情形下自然是荒谬的。

"我不会信仰,"他说,"一个并非全能、全善的上帝。"

或许就在此时,不无宽慰,上帝的注意转向了面前的三个人形,他们恭顺而企盼地站在那里。活着的人,生命如此短暂,说起自己的时候,说得实在太多;而死去的人,面对永恒的来世,又那么喋喋不休,只有天使才能耐着性子倾听。这三个人详细回顾了他们的往事,下面的记述则已从简。约翰和玛丽有过五年的幸福婚姻,直到约翰邂逅露丝,两人一见钟情,他们跟多数已婚夫妇一样真心实意,互敬互爱。当时露丝芳龄十八,小约翰十岁,是个优雅可爱的姑娘,具有让人一见倾心,乃至颠倒众生的魅力。她身心同样健康,既向往生命的天然快乐,也能够培养作为心灵之美的高尚非凡。约翰爱上了露丝，露丝也爱上了约翰。然而，他们深陷其中的这段激情非同寻常。它是如此强烈，势不可当，竟使两人觉得，就好像这个世界整个的漫长历史，意义仅仅在于把他们带到了相逢的时间和地点似的。他们犹如达夫尼斯和赫洛亚，或者保罗和弗朗西斯卡[1]一样相爱。发现对方的情意使两人沉醉，可是，最初的片时狂喜过后，他们转而陷入了焦虑。他们是正派人，讲究自重，敬畏培育自己的信仰，重视立身其中的社会。他怎么能背叛一个无辜的女人？她跟一个已婚男子又能怎样？这时他们也逐渐意识到，玛丽对他们的爱情是了解的。玛丽一向对丈夫的信心动摇了。她心中升起种种感受，那是她从未想到能够产生的。她感到嫉妒；害怕他会抛弃她；感到愤怒，因为对丈夫感情的拥有受到了威胁，还感到比爱还要痛苦的奇怪的心灵饥渴。她觉得，他要是离开她，她就会死去。她也知道，如果他又有了爱情，那也是由于爱情走向了他，而不是他曾寻求爱情。她没有责怪他。她祈祷上帝给予她力量，默默地流着伤心的泪水。约翰和露丝眼睁睁地看着她日益憔悴。挣扎是漫长而苦涩的。有的时候，他们的心把持不住，他们觉得无力抵制销魂蚀骨的激情。他们忍耐抵抗着。他们与邪恶斗争，犹如雅各跟上帝的使者角斗[2]，

---

[1] 保罗和弗朗西斯卡：但丁《神曲》里的一对悲剧情侣。
[2] 雅各跟上帝的使者角斗：《圣经》故事。是一场人与神的角力，结果是人占了上风。

终于征服了邪念。他们带着破碎的心分开了，但为自己的清白而自豪。像献祭一样，他们把自己对幸福的憧憬、生命的喜悦，以及尘世的美丽，都向上帝奉上。

露丝，她在炽烈的恋情过后落得心灰意冷。怀着一颗石化的心，她转向了上帝，致力于做善事。她照料病人，帮助穷人。她建立孤儿院，打理慈善机构。她不再关心自己的容颜，美丽一点一点地离开了她，她的面貌变得跟她的心一样冷漠。她的信仰狂热而狭隘。就连她的善良都是严厉的，因为那并非基于爱，而是出自理性。她变得专横、偏狭、报复心重。约翰，他从此随波逐流，然而阴郁而愠怒，萎靡不振地打发日子，只待死亡的解脱。对于他，人生已经失去了意义。他也曾做过努力，试图制服颓唐，然而被制服的只是他自己。他剩下的唯一一种情感，就是对妻子的无尽的隐隐怨恨。他总是温柔体贴地待她，做到了身为基督徒和绅士所理当做的一切。他尽到了本分。玛丽，她是个贤惠而忠实的优秀妻子（这一点必须承认）。丈夫一度陷入疯狂，她也从未想过加以谴责。不过即便如此，她也无法由于他为她做出的牺牲而宽恕他。她变得尖酸刻薄，动辄抱怨。虽然也为此生自己的气，她还是管不住自己，总要说些明知会伤害丈夫的话。她会心甘情愿地为他付出自己的生命，但使她忍受不了的是，在她痛苦到无数次恨不得自己死掉才好的时候，他还会享受片刻的欢娱。好了，现在她真的死了，他们也一样。人生灰暗，寡味无欢，如今毕竟过去了。他们没有犯下罪恶，他们的回报即将到来。

　　他们讲完了，现场一片安静。天堂的各个法庭都悄然无声。"下地狱去吧"，这句话涌到上帝的嘴边，但他没有说出来，因为他正确地想到，这话使人联想到一句口头语，不适合此时此地的肃穆庄严。而且，这样的裁决，也的确与本案的功过不尽相称。不过，上帝的脸阴沉了下来。他问自己，难道是为了这个，他让升起的太阳映照在无垠的海上，白雪闪耀在山顶；难道是为了这个，他让溪水欢快地歌唱着奔流下山，金色的麦子在晚风中如波浪般涌动？

　　"我有时想，"上帝说，"星光在映射于路边沟中泥水上的时候才是最明亮的。"

　　可是现在，这三个人形站在他面前，把不幸的经历讲给了他，却不由得有几分自鸣得意。那是一场痛苦的挣扎，而他们都尽到了自己的责任。上帝轻轻地吹了口气，如人吹灭燃烧的火柴一般。啊，看哪！原先三个可怜的魂灵站立之处——此时空无一人。上帝把他们化为了乌有。

　　"我常常纳罕，人们怎么会以为，我是那样严厉地看待非常态的两性关系。"他说，"他们要是更认真些读我的著作，就能看出，对于这种特殊的人性弱点，我一向都是感到同情的。"

　　然后，他转向哲学家，此人还在等待上帝对其言论的回应。

"你只能承认,"上帝说,"在这件事的处理上,我非常愉快地把我的全能与全善结合到一起。"

万事通先生

还没见到马克斯·凯拉达的面我就准备讨厌他了。当时大战[1]刚刚结束,远洋客运非常繁忙。班轮舱位很难订到,中介公司准备提供的舱位,无论多不如意你都只能将就。单人舱想都不要想。分到的舱室只有两个铺位,我已经谢天谢地了。不过得知同室者的名字时,我又心头一沉。这个名字让我联想到紧闭的舷窗和被无情隔绝的夜风。跟任何人共用一间舱室十四天都够糟糕的(我是要从旧金山到横滨去),但假如旅伴的名字是史密斯或布朗,我对待此事也不会这么丧气。

上船以后,我发现下铺已经搁着凯拉达先生的行李了。我讨厌那些行李的样子。手提箱上贴着太多的标签,装衣服的箱子也过大了。他的洗漱用具都拿了出来,我注意到他只使用高级品牌

---

[1] 指第一次世界大战。

"柯蒂先生"，因为看到了盥洗台上他的香水、洗发水和发蜡。凯拉达先生的牙刷，乌木杆上有金色的字母组合图案，是他的姓名缩写，只是它早就该清洗了。我对凯拉达先生毫无好感。我转身去了吸烟室。我要了一副纸牌，玩起"耐心"[1]来。我刚刚开始，就有个人走过来，说他认为我的名字是某某，不知对不对。

"我是凯拉达先生。"他补充道，粲然一笑，露出一排亮闪闪的牙齿，坐了下来。

"哦，是的，我想我们住一间舱室。"

"我把这个也算作运气。你根本不知道自己会跟谁分到一起。听说你是英国人我非常高兴。我完全赞成咱们英国人在国外时抱成一团，要是你明白我的意思。"

我眨了眨眼。

"你是英国人？"我不无冒昧地问。

"当然。你没以为我像个美国人，是吧？我正是纯粹的英国人。"

为了证明这一点，凯拉达先生从口袋里掏出护照，在我鼻子下面轻快地晃了晃。

乔治国王的臣民无奇不有。凯拉达先生身量矮小结实，脸刮得干干净净，皮肤黝黑，长着肥厚的鹰钩鼻和大大的明亮清澈的

---

[1] 一种单人纸牌游戏。

眼睛，黑色的长发光滑而卷曲。他说起话来流利顺畅，没有一丁点英国腔，手势倒是不少。我感到十足把握的是，如果细看那张英国护照，事实就会显露出来，即凯拉达先生原本出生于湛蓝如洗的天空之下，那种天色在英国可是难得一见的。

"你愿意喝点什么？"他问我。

我不得要领地看着他。禁酒令业已实施，船上明摆着是绝对禁酒的。而不渴的时候，我又说不清自己更不喜欢哪种汽水，是姜汁的还是柠檬的。然而，凯拉达先生朝我闪现出了东方人的微笑。

"苏打威士忌或者干马提尼，你只需一句话。"

他从两边屁股口袋里各掏出一个小扁酒瓶来，放到我面前的桌子上。我选了干马提尼。他又叫来服务员，要了一杯冰块和两个杯子。

"非常好的鸡尾酒。"我说。

"是吧，我那儿还多得很呢。你要是船上有朋友，就尽管告诉他们，说你交下了个哥们儿，全世界的酒他都有。"

凯拉达先生是个话痨。他谈到纽约和旧金山。他纵论戏剧、绘画，以及政治。他很爱国。英国国旗固然是一块引人注目的布片，可是由一位来自亚历山大或贝鲁特的先生挥舞起来，我只能觉得多少有损它的尊严。凯拉达先生表现得一见如故。我不想装腔作势，然而总是觉得，一个素昧平生的人，在称呼我的时候，还是在姓名前边加上"先生"为好。凯拉达先生显然是想让我放松些，没有使用这种客套。我对凯拉达先生没有好感。他刚坐下时，我把纸牌放到了一边。不过到了这会儿，我认为，作为初次见面，我们的交谈已经足够长了，我就重新玩起了纸牌。

"3放到4上。"凯拉达先生说。

玩"耐心"的时候，刚翻出一张牌，还没来得及考虑，就有人对你说该放在哪里，再也没有什么比这更让人恼火的了。

"有了，有了，"他叫道，"10放到J上面。"

我心里又气又恨，索性不玩了。他于是抓起纸牌。

"你喜欢玩纸牌戏法吗？"

"不喜欢。我讨厌纸牌戏法。"我答道。

"是吗？那我就只给你表演这一个。"

他给我变了三个。于是我说，我要到下层餐厅去订座位了。

"哦，这事已经搞定了。"他说，"我给你订好了座位。我想我们既然在同一舱室住，也就理当在同一张桌子上吃饭。"

我对凯拉达先生没有好感。

我不仅跟他在同一间舱室住，在同一张桌子上吃每日三餐，在甲板上散步也少不了他的加入。你无法冷落他。他根本想不到自己不招人待见。他一心以为你乐于见到他，就跟他乐于见到你一样。你要是在自己家，倒是可以把他踢下楼梯，当着他的面砰地关上门，而不顾他浑然不觉自己是个不受欢迎的来访者。他是个出色的交际家，没出三天，就认识了船上的每一个人。他什么事都张罗。他聚众赌"赢家通吃"[1]，筹划拍卖，为运动会奖品集资，准备掷环和高尔夫比赛，组织音乐会，安排化装舞会。他无处不在，无时不在。他肯定是船上最令人生厌的一位。我们称之为万事通先生，甚至当面也这么叫他。他把这当好话听。而他最让人难以忍受的时候，还是在餐桌上。一个小时的多半时间里，我们不得不受制于他。他精神饱满、兴致勃勃、话语滔滔、争辩无已。任何事他都比任何人懂得多，你要是跟他意见相左，那就是对他高度自负的冒犯。一个话题，任其怎样无关紧要，他都不肯放过，直到你顺从他的想法为止。他根本想不到自己会有弄错了的可能。他就是无所不知之人。我们跟船上的医生坐同一张餐桌。凯拉达先生当然要自以为是为所欲为，因为医生懒得跟他计较，我也一向漠不关心；但是还有一位同席者，一个叫拉姆齐的人，可就不是这样了。他的固执己见不亚于凯拉达先生，对这个黎凡特[2]人的自以为是深恶痛绝。两人的争论尖锐激烈，无止无休。

　　拉姆齐在美国领事事务处工作，驻地在神户。他是美国中西部人，长得五大三粗，绷紧的皮肤下一身肥肉，并非定制的衣服也撑得鼓鼓囊囊。他不久前乘飞机到纽约去，把在家里待了一年的妻子接了出来，此行则为返回工作岗位。拉姆齐夫人是个很美

---

[1] 一种赌博，获胜者囊括全部赌资。
[2] 第一次世界大战前地中海东部诸国的通称，亦指中东。

丽的娇小女人，待人随和亲切，又有幽默感。领事事务处的薪酬不高，她的装束总是很朴素。不过她懂得衣着之道，穿出了淡雅的韵致。我本来是不会特别注意到她的，然而她拥有一种品质，就女人而言，它原先完全可谓平常之至，但是如今在她们的仪态举止中已经并不显著了。看着她，你就不能不被她的谦和淑静所打动。它鲜明地体现在她的气质中，就像外套上的一朵花。

一天晚上，就餐的时候，闲聊的话题偶然转到了珍珠上。报纸上大量谈论过，精明的日本人正在养殖珍珠。医生就说，不可避免的是，养殖珍珠必定压低天然珍珠的价值。珍珠的质地已经很好了，它们很快就会达到完美的程度。凯拉达先生一如既往，当即加入新话题。他给我们讲了关于珍珠的所有需要了解的知识。我相信，对于珍珠，拉姆齐先生简直就是一无所知，但他不可能放过嘲讽这个黎凡特人的机会。没到五分钟，我们就陷身于激烈的争执之中。先前我也见识过凯拉达先生的慷慨激昂和能言善辩，可是从没见过他竟达到如此程度。终于，拉姆齐有什么话刺激到他了，他一拳砸在桌子上并叫道：

"这么说吧，我当然清楚自己在讲些什么。我这次去日本，为的就是考察日本的这种珍珠产业。我就是干这行的，我关于珍珠的说法，业内没有一个人会提出异议。我懂得世界上最好的珍珠。而有关珍珠，我所不了解的也就不值得了解了。"

这在我们听起来倒是个新闻，因为凯拉达先生话虽然多，也从没对哪个人说过自己是干什么的。我们只是约略知道，他去日本是出于某种商业使命。他得意地环顾了一下在座的人们。

"他们养殖的珍珠瞒不过像我这样的专家，任何一颗我扫一眼就看得出来。"他指了指拉姆齐夫人戴的项链，"相信我，拉姆齐夫人，你这条项链绝不会因而少值一分钱。"

端庄的拉姆齐夫人闻听此话，脸上略微泛红，伸手将项链塞进了衣领。拉姆齐向前探了探身。他看了看我们所有人，眼中闪出一丝笑意。

"拉姆齐夫人这项链挺不错，对不对？"

"我一眼就看到了。"凯拉达先生答道，"哇，我对自己说，这些才是正宗的珍珠啊。"

"项链不是我买的，这个自不必说。我就是很想知道，你认为它值多少钱。"

"哦，在行业内部看来，大体在一万五千美元上下。不过，如果是在第五大街买的，就算听到为它付了高达三万美元之类，我也不会惊讶。"

拉姆齐冷冷一笑。

"你听到了会惊讶的。这条项链是我们离开纽约前一天，拉姆齐夫人在一家百货商店买的，花了十八美元。"

凯拉达先生满脸通红。

"胡说。它不仅材质是天然的，项链做工和珍珠大小也都属于我所见过的头等货色。"

"你愿意打赌吗?我说它是仿制品,愿意跟你赌一百美元。"

"行。"

"哦,埃尔默,你不能拿确定无疑的事情打赌的。"拉姆齐夫人说。

她的唇上带着微微的笑意,她的语气温和地现出不以为然。

"我不能吗?这种白来钱的机会送上门,要是不接受,我可就是十足的傻瓜了。"

"可是怎么证明呢?"她继续说,"仅仅是我跟凯拉达先生各执一词。"

"让我看看项链,如果是仿制品,我马上就告诉你。一百块钱我还是输得起的。"凯拉达先生说。

"摘下来吧,亲爱的。让这位先生想看多久就看多久。"

拉姆齐夫人踌躇了片刻。她将手伸向项链的卡子。

"我解不开。"她说,"凯拉达先生只好不得不相信我的话了。"

我突然起了疑心,觉得有什么不好的事情即将发生,可又想不出该说什么。

拉姆齐跳将起来。

"我来解。"

他把项链递给了凯拉达先生。这个黎凡特人从口袋里掏出一只放大镜,仔细地查看起来。胜利的微笑在他光滑黝黑的脸上漾开。他递回项链。他即将开口,突然,他瞥见拉姆齐夫人的脸色。它是如此苍白,她看起来仿佛就要晕过去了。她大睁着恐惧的双眼凝视他,它们饱含绝望的哀求。诉求如此明显,不知她丈夫怎么没看到。

凯拉达先生张大嘴巴愣住了,他的脸涨得通红。你几乎看得出他在为控制自己所做的努力。

"我看走眼了。"他说,"这是极其精良的仿制品,不过当然用放大镜一看我就看出它不是天然的。我想这种便宜货也就值个十八美元左右。"

他掏出皮夹,抽出一张一百美元的钞票。他一言不发地把它递给拉姆齐。

"也许这会给你一个教训,下次就别这么过分自信了,我年轻的朋友。"拉姆齐一边说一边接过钞票。

我注意到凯拉达先生的手在发抖。

这件事不胫而走,传遍了全船。当天晚上,他不得不忍受人们不断的打趣。万事通先生栽了,真是绝妙的笑话。不过,拉姆齐夫人由于头痛而提前回了特等舱。

第二天早上,我起了床,开始刮脸。凯拉达先生躺在铺上抽烟。突然传来一阵轻微的摩擦声,我看到一封信从门下缝隙塞了进来。我打开门探头看,门外没有人。我捡起信来,见收信人是马克斯·凯拉达。名字是用大写字母写的。我把信递给他。

"谁写来的?"他打开信封,"哦!"

他从信封里抽出的不是信纸,而是一张一百美元的钞票。他看了看我,脸又红了。他把信封撕成碎片,交给我。

"劳你把它们从舷窗扔出去好吗?"

我照办了,然后含笑看着他。

"没人喜欢被弄得像个彻头彻尾的大傻瓜。"他说。

"那串珍珠是天然的吗?"

"要是有个漂亮娇妻的话,我是不会待在神户而让她在纽约消磨一年的。"他说。

此时此刻,我一点都不讨厌凯拉达先生了。他摸出皮夹,把那一百元钞票仔细地放了进去。

诗 人

我对名人不太感兴趣。多少人心血来潮，但求与世上的大人物们一握其手，而我从来没有这份耐心。有人想把我介绍给某个地位高或成就大的人时，我就找个冠冕堂皇的借口以敬谢不敏。朋友迭戈·托雷提出为我引见卡利斯托·德圣安纳时，我也谢绝了，不过这次我的推辞是真心实意的。卡利斯托·德圣安纳不仅是伟大的诗人，还是充满浪漫色彩的人物。有机会从残年衰朽的他身上看出一个种种冒险（至少在西班牙）皆为传奇的人，我当然会感兴趣；然而，我知道他老迈多病，会见一个陌生的外国人，对他除了是件麻烦事，我不相信还能意味别的什么。卡利斯托·德圣安纳是高华派最后的传人。在一个对拜伦主义漠然视之的世界里，他过着拜伦式的生活，并在一系列诗歌中描述了自己涉危履险的生涯，而这些作品给他带来了同时代人闻所未闻的名声。我没有资格评价这些诗作，因为初读时我才二十三岁，它们使我极度欢喜。它们洋溢着激荡的情感、雄迈的豪气和多彩的生机,令我心驰神往。直到今天,那些铿锵入耳的诗句和萦绕于心的韵律,仍与我年轻时美好的记忆紧密交织。每当读起它们,我的心都会加速跳动。我倾向于认为,在讲西班牙语的人民当中,卡利斯托·德圣安纳所享有的声誉当之无愧。在那个年代,他的诗句被所有的年轻人传诵。朋友们也会对我滔滔不绝地谈论他那粗犷的笔法、激烈的言论(因为他既是诗人也是政治家)、深刻的智慧,以及风流韵事。他是个叛逆者,有时也是个亡命徒,天不怕地不怕的。然而在这一切之上,他首先是个多情人。我们都听说过他对这个杰出女演员或那个非凡女歌唱家的热恋——他那些激情似火的十四行诗倾诉了满腔的爱情、烦恼和愤懑。我们不是曾经把它们一读再读,直到烂熟于心吗?——我们也知道,有一位西班牙公主,波旁家族[1]最骄傲的后裔,在他的追求之下屈服了。而当他不再爱她时,她去做了修女。在腓力一族的国王们,她所属王室的祖先,对情人感到厌倦时,这个情人就会遁入修道院,因为国王垂青过的女人是不宜被他人染指的。如此说来,卡利斯托·德圣安纳岂不是比世间的国王还要伟大吗?我们称道公主的浪漫举动,这为她带来赞叹,更张扬了诗人的名声。

然而这一切都是陈年往事了。四分之一世纪以来,卡利斯托

---

[1] 欧洲昔日最重要的统治家族之一。

先生已经高傲地退出一个再也没有什么东西可以提供的世界，回到故乡埃西哈过起了隐居的日子。我在塞维利亚待了一两个星期之后，对朋友说我想到那里去看看，并不是为了诗人，而是由于那是个迷人的安达卢西亚小镇，以其风物引人遐想而为我所钟爱。迭戈·托雷就是在这时提出引见建议的。看来卡利斯托先生偶尔也允许年轻文人们去拜访他，不时也会怀着如火的热情与之交谈。在他全盛时期的辉煌日子里，这种激情曾经点燃了无数听众。

"他现在是什么样子？"我问。

"高贵典雅。"

"你有他的照片吗？"

"但愿我有。他三十五岁以后就拒绝面对镜头。他说他不愿意后人看到他不再年轻时的模样。"

我承认我觉得，这种显得无谓的想法又非同寻常地令人感慨。我知道他年轻时形象出众，风度翩翩。在意识到韶华已逝，一去不返时，他写下了动人心魄的十四行诗。诗中表明，眼见自己颠倒众生的英俊潇洒日消夜减，他心中自然产生了何等激烈而可悲的痛苦。

不过我谢绝了朋友的提议。再读一下我已经如此熟悉的诗篇也就足够了。至于其他的时间，我更愿意用于信步闲行，在阳光沐浴过的安静的埃西哈街道上随意走走。因而，在抵达当晚，收到这位非凡人物本人的一封短信时，我不由得有些惊愕。信中写道，迭戈·托雷业已函告我的到来，我若能于次日上午十一时移步晤谈，他将无比欣慰。事已至此，我除了按时到他府上赴约，也就别无选择了。

我入住的旅馆位于商业区，那个春日的上午热热闹闹的。然而，一旦离开旅馆，我就仿佛走进了一座废弃的城市。大街小巷，曲曲折折的白色道路空空荡荡，只是偶尔有个身着黑衣的妇女，做完祈祷之后，步履从容地走在回家的路上。埃西哈是个教堂林立的城镇，走不太远就多半可以看到一所教堂破败的正面，或者一座尖塔，上面有鹳鸟做的窝。我一度停下脚，看一队小小的驴子走过。它们身披的红衣已然褪色，驮篮里装着不知什么货物。然而，在其极盛时期，埃西哈曾是个举足轻重的地方。镇上许多白色的房屋都有石块砌就的大门，上面镶嵌着气势非凡的盾徽。这个小镇虽然偏远，却有新大陆的财富源源流入；在美洲各地聚敛了财富的冒险家们，也纷纷来此度过晚年。就是在这些房子中的一座里，居住着卡利斯托先生。拉过门铃，我站在铁栅栏前，欣然想到，他就生活在如此协调的氛围中。年久失修的高大门口透出厚重宏伟，与我对这位光华四射的诗人的印象相契合。虽然听得到铃声在房屋里回响，但没有人应答。我便再次乃至第三次拉铃。终于，一个嘴上边汗毛很重的老女人来到门边。

"你有什么事？"她说。

她的黑色眼睛虽好，但眼神透出不快。我猜想就是她在照顾

那位老人。我递过名片:

"我跟你的主人约好了的。"

她打开铁门放我进去,让我等一下,就自己上楼去了。从街上进来,觉得庭院里舒适凉爽。建筑的格局气派非凡,令人推想它是由征服者[1]的某个后继之人建造的。不过,房屋的油漆已经暗淡,地面的花砖也破碎了,墙面到处都有大片的灰泥脱落。举目所见,处处带有虽非悲惨然而窘迫的意味。我知道卡利斯托先生很穷。过去有不少时候,金钱曾如水一般地流向他,但他从未加以重视,而是随意地挥霍掉了。显而易见,他现在生活在一种自己全不在意的贫困中。庭院当中摆着一张桌子,两边各有一把摇椅,桌上堆着两星期前的报纸。在夏日温和的夜晚,诗人坐在那里吸着烟,真不知道他天马行空的想象里,充斥着怎样一些梦想啊。柱廊下的墙壁上绘着西班牙图画,灰暗破损。间或看得到一个旧橱柜立在那里,落满灰尘,上面又放了只修补过的亮闪闪的盘子。一扇门旁挂着一对老式手枪,我愉快地悬想,它们就是卡利斯托先生那次使用的武器了。那是他数度决斗中最有名的一次,为舞女佩帕·蒙塔内斯(我料想她现在是个没牙的邋遢老婆子了吧),他射杀了多斯·埃马诺斯公爵。

这个场景,加上我模糊臆测而引来的种种联想,竟与这位浪

---

[1] 指 16 世纪入侵美洲墨西哥、秘鲁等地的西班牙人。

漫诗人如此切合，我简直被这里的气场完全镇住了。此地高贵的拮据围绕着他，伴随着跟他年轻时的奢华同样非凡的荣光。他身上也具有老征服者的精神。他应当在这所颓败而雄伟的房子里了却声名赫赫的一生，这是合乎情理的。不言而喻，诗人应当有生也有死。我刚到达的时候，情绪非常冷静，对即将到来的会面甚至不无厌倦，此刻可就有点惶恐不安了。我点起一支香烟。我是按约定时间到的，不知什么事使老人耽搁了。寂静怪异地令人不安。昔日的幽灵挤满宁静的庭院，逝去的时代为我展示了一种朦胧的生活。那时的人们激情满怀，精神狂热，而这种精神如今一去不复返了。我们不再做得出他们不顾一切的行为，或者富于戏剧性的壮举。

　　我听到一个声音，顿时心头鹿撞。现在我激动不已。终于看见他慢慢走下楼梯时，我屏住了气息。他手里拿着我的名片。这是位高个子老人，过于消瘦，皮肤呈旧象牙色，头发厚密雪白，不过眉毛依然漆黑。浓眉减弱了一双大眼的明亮程度。令人称奇的是，已届如此高龄，他的黑眼睛竟依然闪耀着光辉。他的鹰钩鼻下，嘴巴紧紧地抿住。走近我时，他严肃的眼睛注视着我，含有冷静评价的神色。他一身黑衣，一只手上拿着顶宽边帽。他的举止透出自信和威严。他的形象跟我本会希望他长的模样吻合。我目不转睛地望着他，明白了他是如何支配人们的头脑和触动他们的心灵的。他的确是位彻头彻尾的诗人。

他踏入庭院，缓步向我走来。他真的拥有一对鹰眼。这个时刻对我显得意义极其重大，因为站在那里的是他，伟大的古代西班牙诗人们——辉煌壮丽的埃雷拉、乡思动人的弗劳·路易斯、神秘莫测的胡安·德拉克鲁斯，晦涩难解的贡戈拉——的继承人。他是这个长长行列的最后一位，踏着他们的足迹，实至而名归。一首美丽而温柔的诗歌，一首他最著名的抒情诗，奇异地在我心中唱响。

我满脸通红。幸亏我事先想好了会面时打算说的话。

"大师，我这么个外国人，能见到您这样伟大的诗人，真是无上的荣耀。"

他那锐利的双眼闪过一道快活的光，他那坚毅的嘴唇由于微笑而弯曲了一下。

"我不是诗人，先生。我是个猪鬃商。你弄错了。卡利斯托先生住在隔壁。"

原来我走错了门。

诺 言

　　我妻子很不守时。所以，本来跟她约好在克拉里奇饭店吃午饭，我晚到了十分钟她还不见踪影，我也没觉得意外。我要了一杯鸡尾酒。时值盛夏，前厅里只有两三张桌子是空的。一些早早吃完了饭的人在喝咖啡，另一些跟我一样在等人的，则摆弄着盛有干马提尼的酒杯。女人们一身夏日的裙装，表情欢快，神态怡人，男人们也装束入时，自信从容。然而，我找不出哪一个的外表超凡脱俗，足以吸引我在打算继续等待的十五分钟里旁观。他们看上去身材修长，形象悦目，衣饰光鲜，举止悠闲，可是又都大同小异，个性甚微。我观看他们，怀着的是耐心而非好奇。然而时间到了两点，我觉得饥肠辘辘。妻子对我说，她不能戴绿松石首饰，也不能戴手表，因为绿松石会发绿，手表也会停。她把这归结为命运作怪。关于绿松石我没什么可说，我只是有时想，她要是上发条，表自然就会走啊。在我这么深思熟虑的时候，一个侍者走过来,以侍者们共有的诡秘口气告诉我(就好像他们传递的信息比他们话里的意思带有更大的不祥),有一位女士刚刚来过电话,说她因事耽搁,不能和我共进午餐了。

我犹豫起来。独自一人在拥挤的饭店吃饭没多大意思,可是去俱乐部又为时已晚,于是决定还是就地吃一口算了。我漫步走进餐厅。对于众多的上流人士,被高档饭店的接待经理称名道姓,显得能带来特别的满足,而这对我来说实在无所谓。不过在现在这种情况下,要是迎来的不是太僵硬的眼神,我当然会感到宽慰。经理板着面孔,冷冷地告诉我,所有的桌子都有客人了。我无助地环视富丽堂皇的大厅,突然高兴地看到一个熟人。伊丽莎白·弗蒙特夫人是老朋友了。她微笑起来,而我注意到她身旁无人,就走了过去。

"你会同情一个饥饿的人,让我和你坐在一起吗?"我问。

"啊,当然。不过我快吃完了。"

她坐在一张小桌旁,挨着一根大柱子。坐下时我发现,尽管餐厅里济济一堂,我们坐在这里几乎就是独处。

"还算有几分运气。"我说,"我都快饿晕了。"

她笑起来极为可人。不是当即容光焕发,而是似乎逐渐漾开,益增妩媚。笑意在嘴角初现,然后盈盈地充满她那双明亮的大眼,温柔地留在那里。伊丽莎白·弗蒙特的外貌之出众,绝对无人否认。在她的少女时期,我还不认识她,然而有许多人曾对我说,她可爱得足以令观者眼中湿润。对这种说法我也深信不疑。因为现在，她尽管年届五十，依然芳华绝代。她的美艳，足以使年轻姑娘的青春靓丽黯然失色。我不喜欢浓妆艳抹的女子，她们显得千人一面。我认为，一味傅粉施朱，而致使眉眼呆板、个性模糊，这种做法极不明智。与之不同，伊丽莎白·弗蒙特的妆容不是描摹天生丽质，而是强化自然之美。你不会探究其采用的手法，而只会赞叹所产生的效果。她敢于发挥化妆品的作用，也不是掩盖面容的特点，而是彰显其完美。我想她的头发是染过的，乌黑而有光泽。她的坐姿笔直，似乎全然不晓懒散倚靠。她身材苗条纤细，一袭黑缎长裙线条简洁，式样朴素，极其优雅动人。她戴着一条长长的珍珠项链。身上其余的珠宝唯有结婚戒指上镶嵌的宝石。那是一颗硕大的祖母绿，暗淡的光辉映衬出手的白皙。不过，就是这双染了红指甲的手，最明显不过地暴露了她的年龄。它们没有年轻女子双手的柔软、带小窝的手指的圆润，你看上去会不免几分气馁。过不了多久，它们就会显得如同猛禽的爪子了。

伊丽莎白·弗蒙特是个奇女子。她系出名门，是圣厄思七世公爵之女。十八岁时嫁给一位巨富，从此开始了奢侈挥霍、荒淫放纵的生活。她骄傲得不知持重，不羁得无视后果。不到两年，丈夫迫于其耸人听闻的丑闻而与之离婚。随即，她跟离婚案那三个共同被告人中的一个结婚。然而十八个月后，那人又离开了她。接下来又是一连串的情人。不加检点的作风使她声名狼藉。她动人的美艳和惊天的行为吸引了公众的视线，她每每隔不多久就为流言蜚语提供谈资。她的名字被正派人嗤之以鼻。她是一个赌徒，一个挥霍无度的人，一个荡妇。不过，即便对情人不忠，她对朋友是始终不渝的。所以总是有少数人，不管她做什么，一心认定她就是个非常好的女人。她性情坦率、欢快，又有勇气，且绝不虚情假意。她慷慨而真诚。我就是在她人生的这个阶段与她结识的。由于如今宗教不再流行，在受到沉重打击的时候，名媛贵妇们便寄情于艺术。在遭逢本阶层成员的冷遇之际，有时他们就降格以求，到作家、画家和音乐家的圈子里寻找安慰。我发现和她共处很愉快。她属于那种可喜的直言不讳的人（从而节省了许多宝贵的时间），而且敏捷机智。她总是乐于（以诙谐的幽默）谈论自己惊人的过去。虽然谈不到学问，她的话还是很有意思的，因为，别的且不说，她首先是个诚实率真的女人。

后来，她做出了一件惊世骇俗的事情。四十岁那年，她和一个二十一岁的年轻人结了婚。友人们说这是她一生中最疯狂的行为。原本与她不弃不离的朋友，由于这个年轻人的缘故，有的就此不再跟她来往了，因为这人单纯善良，利用他的幼稚无知显得实在无耻。这件事的确过分了。人们说大难就在前头，因为伊丽莎白·弗蒙特从来不能容忍任何男人六个月以上。进而，他们也希望如此，因为看来对于这个可怜的年轻人，唯一的机会就在于他的妻子会如此恶劣行事，从而促使他必然离开她。他们完全说错了。我不知道是时间的力量改变了她的心，还是彼得·弗蒙特天真纯朴的爱情感动了她，总之事实如此，她做了他贤惠的妻子。他们的日子清贫拮据，而挥霍无度的她变成了节俭的主妇。她突然变得如此谨慎周到地维护名誉，以至流言蜚语从此销声匿迹。彼得的幸福看来就是她唯一关心的事情。没有一个人会怀疑她是否全心全意地爱着他。这么多年饱受人们议论之后，伊丽莎白·弗蒙特再也不充当人们的谈资了。看起来她的故事已经讲到了头。她成了个脱胎换骨的女人。我也为一个想法而自鸣得意，即等到她老迈龙钟之时，经过了这么多极为可敬的岁月，那段往事，骇人听闻的往事，就会显得并不属于她，而是属于某个久已故去、她一度模糊认识的人了。因为女人都拥有令人羡慕的忘却的本领。

然而，谁又说得出冥冥之中命运如何？转瞬之间，一切都变了。彼得·弗蒙特，在十年的理想婚姻之后，忽然疯狂地爱上了一个姑娘。她叫巴巴拉·坎顿，活泼可爱，是外交部前副大臣罗伯特·坎顿的幼女，一个漂亮妞儿。当然了，她完全无法与伊丽莎白夫人相提并论。许多人都知道此事，但没人说得出伊丽莎白·弗蒙特是否有所耳闻。他们感到好奇，不知她会怎样应对前所未见的局面。一向都是她甩掉情人，从来没有人抛弃过她。在我看来，她会一举赶走区区坎顿小姐。我深知她的勇气和手腕。这会儿我们边吃边聊的时候，我满脑子都是这个想法。她的言谈举止欢快、迷人、直率，丝毫没有烦恼的迹象。她跟往常一样谈笑风生，又富于见识，对聊到的奇闻逸事和种种话题也都反应敏捷。我觉得很是享受。我得出结论：出于某种奇迹，她对彼得的变心毫无知觉。对此我以猜测自我解释道，她对彼得用情如此之深，以致意识不到，彼得对她的爱也许有所不及。

饭后我们喝了咖啡，吸了几支香烟。她问我几点钟了。

"差一刻三点。"

"我得要我的账单了。"

"我来付可以吗？"

"当然。"她微微一笑。

"你急着走？"

"我跟彼得约好三点钟会面。"

"哦，他好吗？"

"他很好。"

她莞尔一笑，现出她那温婉从容、令人愉快的笑容。不过我似乎觉察到其中略带嘲弄。她迟疑片刻，慎重地望着我。

"你喜欢稀奇古怪的事情，是不是？"她说，"你绝对想不到我就要去办的事。今天上午我给彼得打电话，约他三点钟和我见面。我会要求他跟我离婚。"

"不会吧，"我叫道，感到脸都涨红了，不知说什么好，"我认为你们过得非常好。"

"你以为尽人皆知的事我会不知道吗？我还不至于愚蠢到这

种地步。"

对她这样的人，你说不出自欺欺人的话来，也装不出不解其意的样子。我一时无语。

"你为什么同意离婚呢？"

"罗伯特·坎顿是个老古板。即便我跟彼得离婚，我也极度怀疑他会让巴巴拉嫁给彼得。至于我，你知道，离婚根本算不了什么：多一次少一次而已……"

她耸了耸优美的肩膀。

"你怎么知道彼得想娶她？"

"他深深地爱着她。"

"这个他告诉过你吗？"

"没有。他甚至不知道我其实知情。他一直非常苦恼，可怜的人儿。他一直在极力避免伤害我的感情。"

"也许这只是一时的迷恋，"我贸然道，"是可以过去的。"

"怎么可能？巴巴拉既年轻又漂亮。她很不错。他们非常般配。此外，就算迷恋过去了又有什么？他们现在是相爱的，而当下的爱才是最重要的。我比彼得大十九岁。一个男人要是不再爱一个老得足以做他母亲的女人，你想他会回心转意吗？你是小说家，对人性的了解肯定不止于此。"

"你为什么要做出这种牺牲呢？"

"十年前他向我求婚时，我向他承诺，他想要自由的时候就会得到自由。你看，我们的年龄相差这么悬殊，我认为只有这样才公平。"

"那么你是在恪守一个他并没有要求你信守的诺言了？"

她微微摆动了一下纤细的双手。我此刻觉得，那颗祖母绿的暗光中透出了几分不祥。

"哦，我必须这么做，你知道。做人就得有个君子样嘛。实话对你说，这就是我今天到这儿来的缘故。他就是在这张桌上向我求婚的，那天我们一起吃饭，你知道，并且我就坐在现在这个位子上。可恨的是我现在还跟当时丝毫不差地爱着他。"

她停顿了片刻，我看得出她咬着牙。"好啦，我想我得走了。彼得不喜欢别人让他等待。"

她多少有些无助地看了我一眼，使我觉得她简直无力从椅子上立起身。但是她笑了笑，一下子站了起来。

"我可以送送你吗？"

"就到饭店门口吧。"她微微一笑。

我们穿过餐厅和前厅。走到大门口，门童推动转门。我问她要不要叫出租车。

"不，我宁愿走走，天气这么好。"她向我伸出手，"遇到你真高兴。明天我要到国外去，不过预计整个秋季都在伦敦。请给我打电话。"

她含笑点头，转身离去。我目送她走上戴维斯大街。天气依然温和，如春日一般。房屋顶上，几片白云在蓝天中悠闲地飘浮着。她的姿态保持得非常挺拔，头也优美地扬起。她的身段苗条美丽，引得走过的行人不禁注目。我看见她向一个抬帽致意的熟人优雅地点了点头。我想，那人万万料不到她怀着一颗破碎的心。我再说一遍，她是一位非常诚实的女人。

珍珠项链

"让我挨着你坐,真是太好了。"宾主入席的时候,劳拉对我说。

"我也这么想。"我客气地答道。

"有多好待会儿就知道了。我特别想有机会对你说说。有个故事要讲给你。"

听到这话我的心微微一沉。

"你还是讲讲自己的事吧。"我接过话头,"要不哪怕是讲讲我。"

"不,我非得给你讲这个故事。我觉得你会用得上。"

"要是非得讲,你就讲吧。不过咱们还是先看看菜单。"

"难道你不想让我讲吗?"她说,受了委屈似的,"我还以为你会愿意听呢。"

"愿意听啊。你也许是写了个剧本,想念给我听呢。"

"这可是我一些朋友经历的事，完全是真实的。"

"那也算不上什么。真人真事从来都没有虚构出来的真实。"

"这话怎么讲？"

"倒也没什么。"我承认，"也就是我觉得听起来不无道理。"

"我希望你还是让我讲。"

"我在洗耳恭听啊。这汤我也不打算喝了，它会使人发胖。"

她瞟了瞟我，又扫了一眼菜单。她轻轻地叹了口气。

"哦，好吧，要是你不打算喝，我想我也不喝了。老天爷清楚，我可不能拿自己的体形不当回事。"

"可是还有什么汤比这种放了大块奶油的更好喝呢？"

"罗宋汤，"她叹息道，"这是我唯一真正爱喝的汤。"

"算了，还是讲你的故事吧。上鱼之前咱们就别聊吃的了。"

"嗯，故事发生的时候，实际上我也在场，正跟利文斯顿夫妇一起吃饭。你跟利文斯顿夫妇熟吗？"

"不熟，我想不算熟。"

"哦，你可以问问他们，他们会证实我所说的一字不差。有一回他们请客，有个女客人临时爽约——你知道人们是多么不为别人着想——这样饭桌上就会是十三个人，他们只好让家里的女教师出席。他们家的教师是鲁宾孙小姐，一个挺不错的姑娘，很年轻，你知道，二十或二十一岁，相当漂亮。我自己是决不会雇又年轻又漂亮的家庭教师的。谁知道会出什么事呀。"

"不过，人都是往好处想的。"

劳拉对我的话未加理睬。

"她多半会老是想着小伙子，而不是专心于本职工作。而且，刚刚适应你的要求，她又会想要甩手不干嫁人去了。不过，鲁宾孙小姐的履历还是非常出色的。我还真是得说，她是个非常不错的、值得尊重的人。我相信她实际上是个牧师的女儿。

"席上有个男客人，我想你没听说过他，不过他在特定领域可是个大名人。他就是博尔塞利伯爵。关于宝石，他比天下任何人都在行。他坐在玛丽·林盖特旁边。玛丽戴了一串珍珠，很是顾盼自得，交谈中就问伯爵，对她戴的项链有何评价。伯爵说非常漂亮。玛丽对这话颇为不满，就告诉伯爵，这条项链价值八千英镑。

"'是的，它值这个数。'他说。

"鲁宾孙小姐坐在伯爵对面。那天晚上，她显得楚楚动人。当然了，我认得她身上的长裙，那是索菲穿过的。不过，你要是不知道鲁宾孙小姐是家庭教师，就绝对想不到那是件旧衣服。

"'那位年轻小姐戴的项链非常精美。'博尔塞利说。

"'哦，不过她是利文斯顿夫人的家庭教师。'玛丽·林盖特说。

"'这个我就看不出来了。'伯爵说，'她戴的项链属于顶级的精品，珍珠之大为我平生所仅见。肯定值五万英镑。'

"'乱说。'

"'我保证这话是真的。'

"玛丽·林盖特就朝对面探过身子。她的嗓音尖声尖气。

"'鲁宾孙小姐,你知道博尔塞利伯爵说什么吗?'她叫道,'他说你戴的项链价值五万英镑。'

"这工夫正好没人说话,所以大家都听到了。我们都转过脸望着鲁宾孙小姐。她脸色微红,笑了一笑。

"'哟,那我可是捡了个大便宜,'她说,'因为我只花了十五先令。'

"'你当然是了。'

"我们都笑了起来。这显然是荒诞的。我们都听说过,妻子们蒙骗丈夫,把昂贵的真品珍珠项链说成是赝品。这种故事已经很老了。"

"谢谢。"想到自己的短篇小说,我对她说。

"然而,要是一个家庭教师拥有价值五万英镑的项链,还会继续教书,这就太不可思议了。伯爵显然是弄错了。这时出了件离奇的事,巧合的长胳膊伸了过来。"

"不该这么说。"我提出异议,"这个说法用得太滥了。你没看过《英语用法词典》这本精彩的书吗?"

"我正讲到最有意思的地方,我希望你别打断。"

可是我不得不再次打断她,因为正当此时,一条肥嫩的烤鲑鱼从我左胳膊肘边稳稳当当地端了上来。

"利文斯顿夫人在请咱们吃大餐呢。"我说。

"鲑鱼能使人发胖吗?"劳拉问。

"非常明显。"我答道,一边叉起了一大块。

"瞎扯。"她说。

"接着讲。"我央求她,"巧合的长胳膊该有所动作了。"

"好吧。就在这个时候,管家朝鲁宾孙小姐弯下腰,在她耳边小声说了几句话。我觉得她脸色有点发白。不施脂粉是如此的失策,你永远不知道造化会如何弄人。鲁宾孙小姐显然面露惊奇。她朝一侧靠过去。

"'利文斯顿夫人,道森说前厅有两个人急着找我。'

"'嗯,你还是去看看吧。'索菲·利文斯顿说。

"鲁宾孙小姐起身走出屋子。我们所有人的心里自然都闪出了同样的念头,不过我最先说了出来。

"'但愿他们不是来抓她的。'我对索菲说,'那对你可就太可怕了,亲爱的。'

"'你肯定那是真品项链吗,博尔塞利?'她问道。

"'哦,完全肯定。'

"'要是偷来的,她今晚可不会有胆量戴出来。'我说。

"索菲·利文斯顿化过妆的脸变得惨白。我猜得出,她是在琢磨,自己首饰盒里的珠宝是否完好。我只戴了一串小小的钻石,可也本能地把手伸向脖子,摸摸它是不是还在。

"'别瞎说了。'利文斯顿先生开口道,'鲁宾孙小姐怎么可能有机会窃取贵重的珍珠项链?'

"'她也许是收受赃物的人。'我说。

"'哦,可是她的履历上写得那么好。'索菲说。

"'履历都是那样的。'我说。"

我忍不住再次打断了劳拉。

"看来你是铁了心不把这事往好了看哪。"我评论道。

"我的确不知道任何不利于鲁宾孙小姐的事情,倒是有一切理由认为她是个非常好的姑娘。不过,要是发现她是一个罪大恶极的贼,一个国际诈骗团伙的著名成员,那才真叫过瘾呢!"

"简直跟电影一样。恐怕只有在电影里,才能发生这种耸人听闻的事情。"

"就这样,我们都屏住呼吸等着,屋子里一点声音都没有。我指望着听到前厅传来混乱的扭打声,或者至少是被捂住嘴的尖叫。我认为这种寂静非常不祥。这时门开了,鲁宾孙小姐走了进来。我马上就注意到,她的项链不见了。她脸色发白,神情激动。她回到餐桌旁,笑着坐下来,往上边扔下……"

"往什么上边?"

"往餐桌上呗,傻瓜。一串珍珠。"

"'这是我的项链。'她说。

"博尔塞利伯爵朝前探过身子。

"'咦,可这是赝品。'伯爵说。

"'我告诉过你它是赝品的。'她笑道。

"'这可不是你刚才戴的那串。'他说。

"她摇了摇头,神秘地微笑着。我们都充满了好奇。我没有意识到,在她的女教师像这样成为众人注意的中心时,索菲·利文斯顿是如此地大为开心。我觉得,当她让鲁宾孙小姐还是解释一下的时候,话里还带着刺。好,鲁宾孙小姐就说,她走进前厅时,看见两个人,说他们是雅罗珠宝店的。她的项链就是在那里买的,据她说,花了十五先令。她随后把它拿了回去,因为扣环松了得修,直到这天下午才取回来。来人说,他们给错了项链。有人把一条真品珍珠项链留在店里重新穿一下,店员就弄混了。我当然没法理解,怎么会有人蠢到把真正贵重的项链送到雅罗店去,他们并非经常经手这种珠宝,连真品珍珠跟赝品都分不清;不过,你知道有的女人就是这么傻。不管怎样,它就是鲁宾孙小姐刚才戴的那条项链,价值五万英镑的。她自然是把它还给他们了——她也只能这样做,我想,虽然必定是忍痛割爱——他们把她自己的那条归还了。然后他们说,尽管当然并无义务——你知道人们在装作公事公办时说话多么愚蠢自大——但还是奉命送上一张三百英镑的支票,作为补偿或者随你怎么叫它。鲁宾孙小姐真就给我们看了支票。她简直乐坏了。"

"嚯,这可真是运气了,不是吗?"

"你是该这么想的。然而结果是这把她给毁了。"

"噢?怎么回事呢?"

"是这样的,她在休假的日期到了时,对索菲·利文斯顿说,她决定到多维尔玩一个月,把那三百英镑通通花光。索菲自然是竭力劝阻,让她把钱存进银行。可是她听不进去。她说自己先前从没有过这样的机会,以后也不会再有,所以执意至少像贵妇一样过上四个星期。索菲实际上无计可施,也就放任不管了。她把许多不想要的衣服卖给了鲁宾孙小姐。她在社交季节一直穿它们,早就穿够了。她说是送给鲁宾孙小姐的,可我认为她是不会完全这么做的——我相信她是卖得非常便宜——这样鲁宾孙小姐就动身了,只身一人,前往多维尔。你猜后来怎么着?"

"我想不出。"我答道,"但愿她玩得尽兴。"

"在该回来之前的那个星期,她写信给索菲,说自己改了初衷,换了行当,要是没回来,还望利文斯顿夫人原谅。可怜的索菲自然是气得发狂。实情是,鲁宾孙小姐在多维尔攀上了一个阿根廷阔佬,跟他去了巴黎。她后来一直待在巴黎。我在佛罗伦萨旅馆亲眼看见过她,满手腕都是镯子,一脖子都是项链。我当然是没理她。人们说她在布洛涅园林有一所房子,我知道她有一辆罗尔斯。她没过几个月就把阿根廷人甩了,俘获了一个希腊人。我不知道她现在是跟的谁,总而言之,她完全成了巴黎最时髦的浮浪女人。"

"我认为你在说她被毁了的时候,只是嘴上说说而已。"我说。

"我不明白你这话什么意思。"劳拉说,"不过,你不觉得能用这件事写个故事吗?"

"可惜,我写过一个珍珠项链的故事了。人不能老是写珍珠项链的故事吧。"

"我自己还真是有几分想写呢。不过,当然会把结局改一改。"

"哦,你会怎么收尾?"

"嗯,我会让她跟一个银行职员订婚。这人在战争中受了重伤,比如说只剩下一条腿,或者半边脸中弹破了相。他们应该是穷得要死,几年内都结不上婚。为了在郊区买所小房子,男的会花光所有的积蓄。他们计划,等他攒够了最后一笔房款就结婚。就在这个时候,女的给男的拿来了三百英镑。两人简直没法相信这是真的。他们是这么高兴,男的都伏在女友的肩膀上哭了起来。他哭得简直像个孩子。他们得到了郊区的小房子,他们成了婚,他们把男方的老母亲也接来同住。男的每天到银行上班。女的要是多加小心,别怀上孩子,也能继续当全职的家庭教师。不过,男的常常犯病——他身上有伤,你知道——女的就伺候他。日子过得真是既辛酸,又甜蜜,又美好。"

"听起来够乏味的。"我脱口说道。

"是的,可是符合道德呀。"劳拉说。

上校夫人

这件事发生于大战爆发前两三年的时候。

佩里格林夫妇在用早餐。虽然只有两个人，餐桌还是长条的，他们仍然各取一端，遥遥对坐。四壁挂着乔治·佩里格林祖上的肖像，均出自当时风行的画家们笔下，画中人物居高临下地望着夫妇俩。管家送进早晨的邮件，有上校的几封信、几件公函、《泰晤士报》，还有他妻子埃薇的一个小包裹。上校翻了翻信件，就打开《泰晤士报》，读了起来。两人吃完饭，立起身。上校发现妻子还不曾打开包裹。

"那是什么？"他问。

"就是些书。"

"我帮你打开好吗？"

"随你了。"

上校讨厌割断绳子，就费了些事解开绳结。

"怎么都是一样的。"他打开包裹时说,"你怎么居然要买六本同样的书呢?"他翻开了其中一本,"诗歌。"他随即查看扉页。"《金字塔坍塌之际》,"他念道,"E.K. 汉密尔顿著。"伊娃·凯瑟琳·汉密尔顿,这是他妻子婚前的姓名。上校看着她,又惊又喜,"你写书了,埃薇?你可藏得够深的。"

"我寻思你不会感到多大兴趣。你愿意要一本吗?"

"嗯,你知道我对诗歌不怎么在行,不过——是的,我愿意要一本。我会读的。我把它带到书房去吧。今天上午有很多事要办呢。"

上校拾掇起《泰晤士报》、信件和书,走出餐厅。书房宽敞舒适,摆着一张大写字台和几把皮面扶手椅,四壁挂着他所谓的"狩猎纪念品"。书架上有各种工具书,关于农事、园艺、钓鱼和打猎的书籍,还有论述上次战争的著作。在那次战争中,他曾获得一枚军人十字勋章和一枚杰出服役勋章。因为结婚前,他一直在威尔士近卫军中服役。他于战争结束时退役,来到距设菲尔德约二十英里的此地,安然过起乡绅生活来。他的一位先人于乔治三世时期营造了这套大房子。乔治·佩里格林拥有大约一千五百英亩地产,他游刃有余地经营着。他身为治安推事,工作尽职尽责。在狩猎季节里,他带着猎狗骑马出猎,每周两次。他是射击好手,高尔夫球手,虽然年过半百仍能打一场激烈的网球。他可以当仁不让地自诩为全能运动员。

上校近来体重持续增加，但体形仍属匀称。身材高大，卷曲的灰色头发，只是在头顶刚刚开始减少，坦诚的蓝色眼睛，五官端正，肤色偏深。他热心公共事务，担任着各种地方组织的主席。与其阶级和地位相称，他是个忠实的保守党党员。对于自己领地上的居民，他关心他们的福利，视之为自身责任。他还满意地知道，在照料病人和救助穷人方面可以依靠埃薇。他在村边建了一个诊疗所，自掏腰包支付一个护士的工资。对于受惠的人们，他唯一的要求就是在选举中，不管是郡里的选举还是大选，投他一票。他性情平易友善，对地位低的人和颜悦色，体谅佃户，在邻近的乡绅中很有人缘。谁要是当面夸他是个大善人，他就会既感受用又略觉尴尬。他所期冀者不过如此。他不奢望更高的赞美。

不幸的是，上校没有孩子。否则他会是个出色的父亲，既仁慈又严格，会遵循缙绅之家的传统把儿子们培养成人，送他们去伊顿公学，如你所知，教他们钓鱼、打猎，还有骑马。然而实际上，他的继承人是个侄子，他死于车祸的兄弟的儿子。一个不错的孩子，就是不像佩里格林家的人，不像，先生，远远不像。而且你会相信吗，孩子那愚昧的母亲，正张罗着把孩子送进一所男女同校的学校。埃薇一直让他大为失望。的确，埃薇文雅有教养，也有几个私房钱。她把家事安排得井井有条，待人接物也恰到好处。村民都爱戴她。上校娶她的时候，她还是个漂亮的小女子，奶油色皮肤，淡棕色头发，身段苗条，体格又健康，网球打得也不差。他无法理解她为什么生不出孩子。当然，她如今已人老珠黄，肯定快四十五岁了。皮肤发暗，头发失去了光泽，而且过于骨感。她总是衣着整洁合身，可是似乎不在意他人的观感，她不施脂粉，连唇膏都不用。有的时候，她梳妆打扮一番参加晚宴时，你一眼就看得出来，她一度还是相当吸引人的。但是，如今她平常得——嗯，成了那种你简直注意不到的女人。当然了，她是个好女人，一个贤妻，不孕又不是她做错了什么，只是对于一个切盼子嗣的人，这事难以想得开。她根本没有活力，这就是她的症结所在。上校认为，向她求婚时，自己是爱她的，至少作为打算成家立业的男人而足够爱她。可是情随事迁，他发现两人没有多少共同之处。她对打猎全无兴趣，钓鱼也令其生厌。他们自然变得疏远了。说公道话，他得承认，她从来不打扰他。他们不曾当众争吵，不曾夫妻反目。对于他的我行我素，她似乎视为理所当然。他时不时地到伦敦去，她从来都没想跟他同去。他在那里有个相好的姑娘，嗯，严格讲不是姑娘，至少三十五岁了，不过满头金发，美艳动人。他只需事先打个电报，他们就可以一起吃饭、看电影，以及过夜。这个，男人嘛，一个健康正常的男人，生活中总得有点乐趣。他想到过，埃薇若不是这么一个好女人的话，就会是个更好的妻子。可是这个念头并非他所喜闻乐见之类，他于是将其抛到了脑后。

乔治·佩里格林看完了《泰晤士报》。作为行事周到之人，他摇铃招来管家,吩咐把报纸给埃薇送去。然后,他看了看表。时间是十点半,十一点他和一个佃户约好会面,还有半小时空闲。

"正好看看埃薇的书。"他自言自语道。

上校微笑着拿起书。在埃薇的起居室里,她收藏了许多高端书籍,都不属于他感兴趣的种类,不过既然它们能让她高兴,他也就不反对她看。他留意到,眼下手里这本至多不过九十页。这当然很好。他同意埃德加·爱伦·坡的看法,诗作就该是薄薄的。不过,翻阅之际,他注意到,埃薇的有些诗,句子长而不整齐,也不押韵,这个他不喜欢。他记得很小的时候,刚上学时,学过一首诗,开头是:孩子站在滚烫的甲板上。后来,在伊顿公学,学过一首起始为:毁灭临头了,残暴的国王。然后又学了《亨利五世》,是指定要学的,学了一半。他一页页地端详着埃薇的书,大惑不解。

"这也不是我所知的诗呀。"他说。

幸好并非全书如此。只是夹杂着一些形式如此古怪的,一会儿每行三四个词,一会儿每行十个、十几个词的。其中有些小诗,相当简短,押着韵,感谢上帝,每行还一样长。有些篇什只以"十四行诗"为题,他出于好奇数了数,还真是十四行。他就看了看它们。似乎还不错,就是不太明白它们到底讲的什么。他自言自语地重复着:毁灭临头了,残暴的国王。

"可怜的埃薇。"他叹道。

正当此时,他等待的那个农民被引进书房,他就放下书接待他。两人谈起正事来。

"我看了你的书,埃薇。"上校在夫妻俩一起吃午饭时说,"非常好。出这本书花了你不少钱吧?"

"没有。我运气不错。我把稿件投给一个出版商,而他接受了。"

"诗歌稿费没多少的,亲爱的。"他温和而亲切地说。

"不多,我估计没多少。上午班诺克找你有什么事?"

班诺克就是打断上校读埃薇诗作的佃户。

"他请求预支一笔钱,好买一头纯种公牛。他人不错,我有些想答应他。"

乔治·佩里格林看出埃薇无意谈论她的书,他也就乐得换换话题。他高兴的是,她在书的扉页上用的是婚前的姓名。他认为不会有什么人听说有这么本书,不过他毕竟以自己非同寻常的姓氏为荣。万一有哪个讨厌的穷酸文人,在某份报纸上拿埃薇的试笔之作开涮,那可不是他所愿意见到的。

在随后的几个星期里,上校没问埃薇她怎么贸然写起诗来,认为这么做是明智的,而她对此也绝口不提。就好像这事不甚光彩,所以两人达成默契,不予提及。可是,这时出了件怪事。上校因事去了伦敦,他就带着达夫妮出去吃饭。达夫妮就是那个姑娘,他每次进城都惯于与之相会,一起度过愉快的几小时。

"喂，乔治，"她说，"是不是你老婆写了本人人都在谈论的书？"

"这话从何说起？"

"是这么回事，我认识一个人，是评论家。一天晚上他请我吃饭，带着一本书。我就问：'是给我看的吗？什么书哇？'他说：'哦，我想这种书不合你的胃口，这是诗歌。我刚写了一篇书评。'我说：'我可不看诗歌。'他说：'这要算我看过的最热烈的作品，卖得好极啦，写得也真是出色。'"

"作者是谁？"乔治问。

"一个姓汉密尔顿的女人。我朋友告诉我，这不是她的真姓。他说她的真姓是佩里格林。我说：'巧了，我认识一个姓佩里格林的人。'他说：'在军队里是个上校，住在设菲尔德一带。'"

"你不该跟朋友谈到我。"乔治说，恼怒地皱起眉头。

"别急呀，亲爱的。你把我当成什么人了？我当时就说：'你跟我说的不是同一个人。'"达夫妮咯咯地笑着说，"我朋友说：'人们说他是个地道的老顽固。'"

乔治的幽默感还是很强的。

"你不妨说得更狠些。"他笑道，"我妻子要是写了书，我会第一个知道的，不是吗？"

"我想也是。"

总之，这事没引起她多大兴趣，当上校说起别的事情来时，她也就把它忘掉了。上校也没放在心上。这事无关紧要,他认定,那个傻瓜评论家不过是在跟达夫妮开玩笑。想到达夫妮由于听说这是本热门书而读起它来,结果发现不过是些奇奇怪怪的话分成长长短短的行,他觉得很好笑。

佩里格林是若干个俱乐部的会员。第二天,他打算在圣詹姆斯街的一家饭店吃午饭。他一过中午就要乘火车回设菲尔德。进入餐厅之前,在饭店前厅,他安坐在舒适的扶手椅里,品着一杯雪利酒。这时,一个老朋友走上前来。

"喂,老兄,过得好吗?"朋友说,"身为名人的丈夫,感觉如何?"

乔治·佩里格林盯着朋友。他觉得在对方的眼中看到一道顽皮的闪光。

"我不明白你在说些什么。"他答道。

"算了吧,乔治。人人都知道 E.K. 汉密尔顿是你妻子。一本诗歌获得如此成功可不是经常的事。你看,亨利·达什伍德正在跟我一起吃饭,他想见见你。"

"见鬼,亨利·达什伍德是什么人,怎么就想见我?"

"唉,我的朋友,你在乡下都在瞎忙些什么呀?亨利要算是当今最好的评论家了。他给埃薇的书写了一篇绝妙的评论。你是说埃薇没把书评拿给你看?"

没等乔治回答,朋友就把一个男子召了过来。这人又高又瘦,高额头，络腮胡，长鼻子，水蛇腰，正是乔治望之即欲生厌的那种。一番介绍之后，亨利·达什伍德坐了下来。

"不知佩里格林夫人是否在伦敦？我非常想见见她。"他说。

"不在。我妻子不喜欢伦敦，她宁愿待在乡下。"乔治生硬地说。

"关于我的书评，她写了一封很亲切的信，让我很是欣慰。你知道，我们评论家多半是费力不讨好的。她的书实在是令我震惊。写得这么清新别致，非常现代，毫不晦涩。看来，她对自由诗体的把握，跟对古典格律一样游刃有余。"然后，由于身为评论家，他觉得应当有所批评，"有的时候，她的听觉稍欠灵敏。不过你对埃米莉·狄更生[1]也可以这么说。书中有几首抒情短诗，简直可以说成出自兰多[2]笔下。"

这一大通话令乔治·佩里格林如堕五里雾中。此人完全就是个令人厌烦的学究。不过上校很有修养，礼数周到地应答着。亨利·达什伍德径自说下去，仿佛上校没说话似的。

"然而，使这本书如此出类拔萃之处，在于每一行诗中都洋溢着的激情。现今那些年轻诗人，许多都是那般贫血、冷漠、无

---

1 又译为艾米莉·狄金森（1830—1886），美国传奇诗人，20世纪现代主义诗歌的先驱之一。她的诗主要书写自然、生命、信仰、友谊、爱情，风格温婉清新，描绘精微，思想深沉，极富独创性。

2 沃尔特·萨维奇·兰多（1775—1864）：英国诗人，散文家。

情的理性之人。而在这部作品里,你感受到全然裸露、质朴的激情。当然,这种深刻而真挚的情感是悲剧性的。哦,亲爱的上校,海涅的话太对了,他说诗人将巨大的悲痛化为微小的诗歌。你知道,在反复阅读这些令人心碎的篇什时,我不时地想到萨福[1]。"

乔治·佩里格林实在听不下去了,便站起身来。

"是这样的啊,你对我妻子的小书给了这么高的评价,真是好极了。我肯定她会高兴的。不过,我必须走了。我得赶火车,还想吃口饭。"

"十足的蠢货。"他一边踏上楼梯前往餐厅一边气鼓鼓地自言自语。

上校回家时赶上了晚饭。埃薇就寝之后,他走进书房,去找她那本书。他想,自己还是要再把它翻一遍,亲眼看看是什么值得人们这么大惊小怪。然而,书已不翼而飞,准是被埃薇拿走了。

"怎么搞的。"他咕哝着。

他已经对埃薇说过,他认为书非常好。还能指望自己再怎么说?好吧,无所谓了。他点上烟斗,拿起一本《田野》,一直看到睡意袭来。然而,大约一个星期之后,他临时有事,需要到设菲尔德去一天。他在当地自己所属的俱乐部里吃的午饭。快吃完时,哈弗雷尔公爵走了进来。公爵属于此地头等权贵,上校当然认识,

---

[1] 萨福(约前 630 或 612—约前 592 或 560):古希腊著名女抒情诗人,一生写有大量诗歌、婚歌、颂神诗、铭辞等。

不过仅为泛泛之交。当公爵在桌旁停下脚步时,上校不免诧异。

"实在遗憾,你的夫人没能来和我们共度周末。"公爵说,语气略带迟疑然而热诚,"我们可是有好多人都在盼着呢。"

乔治吃了一惊,他猜想,必是哈弗雷尔家曾邀请他和埃薇来此共度周末,而埃薇连说都没跟他说一声就谢绝了。他就镇定自若地说,他也感到遗憾。

"但愿下次有幸。"公爵愉快地说完走开了。

佩里格林上校非常生气,到家之后就对妻子说:

"我说,邀请咱们去哈弗雷尔庄园是怎么回事?你怎么说我们去不了呢?咱们从来都没得到过邀请,那里可是郡里最好的狩猎场。"

"我没想到这一点。我以为这种邀请只会使你厌烦。"

"太不应该了,你至少得问问我愿不愿意去。"

"对不起。"

上校仔细地端详她。她的表情中有种上校拿不太准的东西。他皱起眉头。

"我想我受到邀请了吧?"他厉声说。

埃薇脸微微一红。

"这个嘛,事实是没有。"

"邀请你而没有邀请我,我要说他们太无礼了。"

"我想他们认为那不是你乐于参加的聚会。公爵夫人很是热衷于跟作家之类的人交往,你知道的。她同时也请到了亨利·达什伍德,那个评论家,并且他由于某种原因想要见我。"

"你断然拒绝真是好极啦,埃薇。"

"这个我至少做得到。"她微笑道。迟疑了一下,她又说:"乔治,这个月底,我的出版商有意为我举办一个小型宴会。当然了,他们想要你也出席。"

"哦,我想那不太对我的口味。你要是愿意,我就陪你到伦敦。我会找人和我吃饭的。"

也就是达夫妮了。

"我预料宴会将很乏味,可他们现在拿它挺当回事的。而且第二天,看好这书的美国出版商要在克拉里奇饭店举行鸡尾酒会。你要是不介意,我希望你去。"

"听起来无聊之至。不过,如果你真的想要我去,我就去。"

"你这么做可是太好了。"

乔治·佩里格林被鸡尾酒会弄得晕头转向。宾客人数可观。其中一些人看起来还可以,有几个女人相当不错,只是男人们在他眼中一无足观。他被作为佩里格林上校,E.K.密尔顿的丈夫介绍给每个人,你知道。男人们似乎跟他无话可说,女人们倒是七嘴八舌的。

"你肯定为夫人而自豪。书是不是妙不可言?要知道,我是一口气读完的,简直放不下,并且读完了又从头开始,一口气读了第二遍，把我激动得不行。"

那位英国出版商对他说：

"我们有二十年没出过一本这么成功的诗歌了。我从没见过如此这般的评论。"

那位美国出版商对他说：

"写得太棒了，它会轰动美国的，就等着瞧吧。"

美国出版商送给埃薇一大捧兰花。真够好笑的，乔治心想。他们夫妻到场时，人们被带到埃薇面前。他们显然在恭维她，而她倾听着，一面愉快地微笑，说上一两句感谢话。她兴奋得脸有些红，但显得相当从容。乔治尽管把这一切都视为废话胡扯，也还是赞赏地注意到，妻子应对得非常得体。

"嗯，这个是明摆着的，"他自言自语道，"她足够端庄大气，而别的人不用说全都洋相出尽。"

上校喝了很多鸡尾酒。不过有件事使他感到困惑。在被引见给人们时，他察觉有的人以颇为怪异的眼光看着他，使他莫名其妙。一次，他从坐在沙发上的两个女人旁边走过，他意识到她们在议论他。他几乎可以肯定她们在身后窃笑。酒会终于结束时，他如释重负。

在回旅馆的出租车上，埃薇对他说：

"你真带劲，亲爱的，大出风头了。女孩子们简直着迷了，认为你帅得很。"

"什么女孩子，"他刻薄地说，"一群老妖婆。"

"你烦了吗，亲爱的?"

"烦死了。"

她捏了捏他的手以示同情。

"要是明天我们等到下午再坐火车回去，你可别着急。上午我得办些事。"

"不急，没问题。上街买东西?"

"倒是想买几样东西，可我得去拍张照片。我讨厌这个，但是他们认为我应当照。用于美国，你知道。"

上校没说话，不过心里在想，当美国公众看到这张照片，上面的女人，他的妻子，貌不出众、瘦小枯干，他们会震惊的。他的印象一直是，在美国，人们喜欢艳光四射的女人。

他想啊想的，第二天上午埃薇出去之后，他就前往俱乐部，进入图书馆。他在里面查阅了近期的《泰晤士报文学增刊》《新政治家》和《观察家》。他很快找到对埃薇著作的评论。他没太仔细阅读，但已足以看出，它们都是极口称扬的。随后，他到了皮卡迪利大街的书店，他偶尔在这里买书。他下定决心，得把埃薇这本劳什子好好地读一下，可又不愿问她，是不是把给他的那本书拿走了。他想自己买一本。进门之前，他看了看橱窗，一眼就见到了陈列的一本《金字塔坍塌之际》。愚蠢到家的书名！他走进去，一个年轻人迎上来，问他是否需要帮助。

"不,我只是随便看看。"打听埃薇的书使上校尴尬,他想还是自己找一本再拿给店员的好,可是四处都没见到。最终,发现年轻人就在身边,他只好小心翼翼地以漫不经心的口吻问道:"对了,问一下,你们有本名为《金字塔坍塌之际》的书吗?"

"新印刷的书今早刚到。我去给你拿一本。"

转眼之间,年轻人就拿着一本回来了。这人小个子,很结实,浓密的红头发乱蓬蓬的,戴着眼镜。乔治·佩里格林则身材高大挺拔、军人风度十足,与之形成对比。

"那么这是新印刷的?"他问。

"是的,先生。第五次印刷,卖得简直跟小说一样。"

乔治·佩里格林犹豫了一下。

"你认为它为什么这么成功呢?我一向都听说没人读诗歌呀。"

"这个嘛,它写得好哇,你知道,我自己就读了。"年轻人尽管显然受过教育,可是说话多少有些伦敦东区口音,乔治便自然而然地采取了屈尊俯就的姿态。年轻人接着说:"人们喜欢的是里面的故事。很性感,你知道,不过属于悲剧。"

乔治微微皱起眉头。他倾向于得出结论,就是这年轻人读书很不得要领。没有一个人对他提起过这本倒霉的书里还有故事什么的,自己在阅读书评中也不曾得出这个印象。年轻人又说:

"当然了,故事不过是昙花一现,如果你明白我的意思。依我看，女诗人有几分像是由个人经历而激发了灵感，如同豪斯曼[1]之于《什罗普郡少年》一样。她永远都不会写别的任何作品了。"

"这书多少钱？"乔治问道，冷冷地打断了年轻人的唠叨，"不用包了，我直接揣在口袋里。"

十一月的上午天气阴冷，上校穿着一件大衣。

在火车站，乔治买了几份晚报和杂志。他和埃薇登上一节头等车厢，在相对的座位角落舒舒服服地坐定，看起报刊来。五点钟时，他们一起到餐车喝茶，闲聊了一会儿。到站之后，他们换乘等待着的汽车回家。他们沐浴，换衣，吃晚饭。饭后，埃薇说自己太累了，就去睡觉。她习惯地吻了吻乔治的前额。上校然后走进前厅，从大衣口袋里拿出埃薇的书，再进入书房，读了起来。他读诗歌有些吃力，即便聚精会神，逐字阅读，所得印象仍然远非清晰。于是，他从头开始，又读了第二遍。他越读越觉得不是滋味，而他不是傻瓜，读罢全文，他清楚地理解了整个内容。全书的诗作，一部分为自由诗，另一部分则采用传统的格律。不过所讲的故事，再笨的人读来都会觉得条理清晰，明白如话。故事说的是一段炽烈的爱情，一方是个年龄稍长的已婚女人，另一方是个年轻男子。就像解一道简单的加法题，乔治·佩里格林轻而易举地理清了来龙去脉。

---

[1] 即阿尔弗雷德·豪斯曼，英国著名悲观主义诗人。1896年自费出版了第一部诗集《什罗普郡少年》，诗名日著。

全书均采用第一人称。开篇就描写这个青春已逝的女子战栗的惊讶，她领会到那个年轻男子爱上了自己。她踌躇着，难以相信。她想，她一定是在欺骗自己。可她突然发现自己也热恋着他，这把她吓坏了。她对自己说，这是荒唐的。即便屈服于自己的感情，两人的年龄差距只能给自己带来不幸。她力图阻止他的倾诉，可是这一天还是到来了。男子说自己爱她，还逼女子也说爱他。男子恳求她一起出走。她无法丢下自己的丈夫、自己的家。而且她年龄已长，他这么年轻，两人能期待怎样的生活？她怎么能指望他的爱情持久？女子哀求他放过她。然而男子的爱是猛烈的。他需要她，他全心全意地需要她。战抖着、恐惧着、渴望着，她到底是委身于他了。随之而来的一段时期充满了销魂夺魄的欢乐。这个世界，沉闷乏味的日常世界，焕发出璀璨的光辉，情歌在她的笔下源源涌出。这个女子崇拜情人年轻强壮的身体。读到她赞美情人宽阔的胸膛、紧窄的腰身、健美的双腿和平坦的腹部时，乔治的脸都涨红了。

热烈的作品，达夫妮的朋友说过。真是一点不假，不堪入目。

书中有几首哀伤的短诗，内容是当他必不可免地离开她时，她哀叹自己生活的空虚；不过，它们以一声慨叹收尾，说由于曾经拥有的片时欢娱，她不得不承受的一切痛苦都算是值得的。她描述了两人共同度过的战栗的长夜，导致他们相拥入眠的慵懒倦怠。她刻画了短暂的偷情时分的狂喜，那时两人全然不顾危险，任由激情淹没，屈服于它的召唤。

　　女子本以为这会是一段过不了几星期的恋情，不料它奇迹般地持续着。有一首诗提及，三年过去了，而他们心中充塞的柔情蜜意略无消减。看来男子一直在要求女子跟他走，远走高飞，去意大利的山间小镇，去希腊的海岛，去突尼斯高墙围护的城市，这样他们就可以永远厮守；因为在另一首诗里，她乞求他让一切维持既有的状态。他们的幸福感并不踏实。也许正是由于被迫面对的种种困难，以及两人相会的来之不易，他们的爱情才如此长久地保持最初时醉人的热烈。这时，年轻人突然死去了。至于怎么死的，什么时候，什么地方，乔治找不到线索。接着就是一声悠长不绝、撕心裂肺的哭喊，极度悲痛。那是不可沉浸其中的悲痛，只能隐藏起来的悲痛。尽管生命中的光芒已经熄灭，巨大的哀伤使她难以坚持，她仍不得不强颜欢笑，招待宾客，乃至出门赴宴，行为举止一仍其旧。全书收尾的一首由四个不长的诗节构成。悲苦地承受损失的作者，最后感谢冥冥之中操纵人们命运的种种力量，它们至少曾经特许她一度享有人间的极乐，而那是我们这些可怜虫全无希望一窥堂奥的。

　　乔治·佩里格林最终放下书的时候，已经是凌晨三点钟了。在每一行诗中，他都仿佛听见埃薇的声音。一次又一次，他遇到了耳闻埃薇用过的说法。其中有些细节，在他看来跟她眼中的同样熟悉：毫无疑问，她所讲述的就是她自己的故事。显而易见，她曾经有个情人，后来此人死了。上校虽然吃了一惊，吓了一跳，倒也没有感到太大的恼怒、嫌恶或气馁，他只是感到诧异。实在不可思议，埃薇居然会有风流韵事，而且如此狂放激烈，犹如书房里壁炉台上玻璃缸里的鳟鱼，他所捕获到的最好的一条，居然会突然摆动起尾巴来。现在他恍然醒悟，日前在俱乐部里交谈时，朋友的顽皮眼神盖出于此。他恍然醒悟，达夫妮谈到这本书时，何以显得是在欣赏隐私笑料；鸡尾酒会上走过那两个女人身旁时，她们何以吃吃窃笑。

上校冒出一身冷汗。他顿时怒不可遏，跳将起来，就要去叫醒埃薇，严词责问，立等解释。但是，他在妻子卧室门口停住了。说到底，他有什么证据呢？区区一本书。他还记得，自己对埃薇说过这书非常好。的确，他并不曾读，可是他假装自己读了。要是不得不承认这一点，他岂不显得是个地地道道的傻瓜。

"我必须谨慎行事。"他喃喃地说。

他决定等上两三天，通盘考虑一番，然后再认准如何动作。他上了床，然而久久不能入睡。

"埃薇，"他一遍又一遍地自言自语，"偏偏是埃薇。"

第二天早上，夫妻二人照旧于早餐时见面。埃薇跟往常一样，平静，端庄，镇定自若，一个无意于使自己显得年轻些的中年女人，一个全无姿色（上校仍称之为"那个"）可言的女人。乔治审视着她，仿佛多年不曾细看一般。她一如既往地平和安详。淡蓝色的眼睛无忧无虑，坦然的眉宇间见不出内疚的迹象。说的话也一仍其旧，无非是有口没心的那么几句。

"在伦敦忙活了这两天，重新回到乡下真好。今天上午你打算做什么？"

真是不可思议。

三天之后，上校去找自己的事务律师。哈里·布兰是乔治的律师，也是老朋友。他有处地产，离佩里格林家不远。两人多年来都是到对方的猎场上打猎。布兰每星期有两天身为乡间的绅士，其他五天则是设菲尔德忙碌的律师。他身材魁梧，精力充沛，总是高喉大嗓，笑语欢声的。这让人觉得，他乐于主要被视为爱好运动的人和容易相处的伙伴，而当律师只是偶尔为之。实际上他精明敏锐，老于世故。

"嚯，乔治，今天是哪阵风把你刮来了？"一见上校被引进办公室，律师就以其低沉有力的声音说，"在伦敦玩得好吧？下星期我也要带老婆去几天。埃薇好吗？"

"我就是为埃薇的事来找你的。"佩里格林说，狐疑地看了对方一眼，"你看了她的书吗？"

近来这段时间的烦恼使上校变得敏感，他觉得律师的表现有些许变化。他好像立马警觉了。

"是，我看了。巨大的成功，不是吗？想不到埃薇忽然写起诗来了，意外总是层出不穷。"

乔治·佩里格林简直要发火了。

"这书把我弄得像个彻头彻尾的大傻瓜啦。"

"哎，胡说些什么呢，乔治！埃薇写书没有坏处哇，你应该引以为荣才是。"

"可别扯这种淡了。书里是她自己的故事。这个你知道，别的人也都知道。我想只有我一个人不知道她的情人是谁。"

"有这么种东西叫想象力，老兄。你没有理由臆断整个情节不是虚构的。"

"听我说，哈里。咱俩是多少年的知己了，一直是有福同享。对我可不能掺假，你能看着我说，你相信这是个虚构的故事吗？"

哈里·布兰在椅子上不安地挪动着。他被老乔治话音中的难过弄慌神了。

"你不该问我这样的问题，问埃薇去。"

"我没有勇气。"乔治痛苦地停顿了一下答道，"我害怕她告诉我真实情况。"

一阵让人很不自在的沉默。

"那家伙是谁？"

哈里·布兰直视着他的眼睛。

"我不知道，就算知道也没法告诉你。"

"你太可恶了。你没见我处于什么境地？你觉得我彻底沦为笑柄是件很高兴的事？"

律师点上一根烟，兀自吞云吐雾，好一阵子不吭声。

"我看不出能为你做什么。"他终于说。

"我估计你雇有私人侦探吧。我想要你派他们去，把事情查清楚。"

"派侦探去查一个人的妻子可是不太地道，老兄。再说了，就算埃薇一度有外遇，也是好多年前的事了。我不认为还能找到什么线索，他们看来很注意不留痕迹。"

"我不管，你就派侦探吧，我要了解事实。"

"我做不到，乔治。你要是决心做这事，只能另请高明。你看哪，即便你找到证据，埃薇对你不忠，又能有什么用？由于妻子十年前与人私通而跟她离婚，你也显得太傻了吧。"

"不管怎样，我可以和她摊牌。"

"你现在就可以这么干，可你完全跟我一样明白，这样一来，埃薇就会离开你。你愿意她这么做吗？"

乔治愁苦地看了他一眼。

"我说不好。我一直认为，她对于我要算是好得没比的老婆了。家务照管得井井有条，主仆从来没起过纠纷，花园料理得赏心悦目，而且她跟所有村民都非常融洽。可是该死，我得照顾到自尊吧。一旦得知她对我极为不忠，我怎么还能和她过下去？"

"你对她一直是忠实的吗？"

"差不多吧，你知道。毕竟我们结婚快二十四年了，而埃薇对床笫之事从来就不怎么上心。"

律师的眉毛微微一挑，不过乔治急于为自己开脱而未加理会。

"我不否认自己时不时找点乐子。男人需要这个，女人就不同了。"

"这方面我们只听到男人的说法。"哈里·布兰说，隐隐约约地笑了笑。

"我绝对不认为埃薇是个无法无天的女人。我的意思是，她行事非常严谨，从不多言多语。那么到底是什么原因，致使她动笔写这本该死的书呢？"

"我想这是一次刻骨铭心的经历，这么直抒胸臆地写出来，对她也许是一种释放。"

"那么，如果非得写，怎么就不能化个名呢？"

"她用了婚前的姓名嘛。我想她以为这样也就行了。要是书没这么轰动的话，署这个名想来够低调了。"

乔治·佩里格林和律师面对面坐在办公桌两边。乔治一个胳膊肘支在桌面上，单手托腮，蹙额沉思。

"糟糕的是，我连这家伙是什么样人都不知道，甚至连他算不算个绅士都说不清。我的意思是，据我所知，他可能就是个农场工人，或者律师事务所的职员。"

哈里·布兰抑制着自己别笑出来，答话时眼中带着亲切、宽容的神情。

"我深知埃薇,所以认为那个人会挺不错。不管怎样,我肯定他不是我事务所的职员。"

"这对我是个打击。"上校叹了口气,"我还以为她是爱我的。她要是不恨我,就不会写这本书了。"

"啊,这个我不信,我不认为她会恨你。"

"你总不会假装说她爱我吧。"

"不会。"

"那么,她对我是什么感觉?"

哈里·布兰靠到转椅背上,沉思地看着乔治。

"不在意吧,我会说。"

上校微微打了个战,脸也红了。

"别忘了,你并不爱她,对吧?"

乔治·佩里格林没有直接回答。

"没有孩子对我是个巨大的灾难,但我觉得她使我失望这一点,我从没让她看出来。我对她总是很好。在合理的范围内,我一直努力尽到我对她的责任。"

律师用一只大手挡住嘴巴,掩盖浮出的笑意。

"这对我是个可怕的打击。"佩里格林接着说,"活见鬼,即便倒退十年埃薇也不年轻了,天知道,她没有什么看头,长得那么丑。"他深深地叹了口气,"你处在我的位置上会怎么做?"

"什么都不做。"

乔治·佩里格林在椅子上挺直腰板，盯住哈里，神色如同检阅部队时必定显现的一样凛然。

"这种事情我不能放过。我已经成了笑料，我再也抬不起头来了。"

"胡说。"律师严厉地反对，随即换成体贴、亲切的口吻，"听我说，老兄：人都死了，一切都是很久以前的事了，忘掉它吧。还是去跟人们谈论埃薇的书，大谈特谈，告诉他们你是多么为她而自豪。摆出非常信任她的样子，你明白她不可能永远对你不忠。世事的变化这么迅速，人们的记忆又是这么短暂，他们会忘得精光。"

"我可忘不了。"

"你们都是中年人了。她为你付出的，很可能比你以为的多得多，没有她你会极其孤单。我想，你就是忘不了也无关紧要。你那迟钝的头脑要是能认识到，埃薇身上有更多的东西，是你的心智所看不出的，这只会大有益处。"

"活见鬼，你说得倒好像该责怪我了。"

"不，我不认为该责怪你，然而我也不太确定该责怪埃薇。我不觉得她想要爱上那个年轻人。你还记得结尾的那几行诗吗？它们给我的印象是，虽然他的去世使她心碎，她又以一种奇异的方式接受它。她一直意识到联结两人的纽带之脆弱。他是在初恋的狂热中死去的，全然不知爱情是如此难以持久，而只知其幸福与美好。而她想到他摆脱了一切烦恼,也就在自己的深切悲伤中找到了安慰。"

"你这一大套有些超出了我的理解能力,老兄。我只是多多少少明白你的意思。"

乔治·佩里格林怏怏不乐地盯住桌上的墨水台。他沉默无语,律师看着他,目光中带着探究和同情。

"你认识到为了不露痕迹地掩盖自己何等悲苦,她得始终具备怎样的勇气吗?"他温和地说。

乔治·佩里格林叹了一口气。

"我输了。我想你是对的。事情发生了,哭喊也没用。我要是大呼小叫,只能使局面更糟。"

"嗯?"

乔治·佩里格林可怜地微微一笑。

"我听从你的劝告。我什么都不做了,就随他们认为我是大傻瓜,去他们的吧。事实是,我不知道没有埃薇怎么办。不过我要对你说,有一件事我至死都不会明白:那个家伙到底看上她什么啦?"

为人着想

我不喜欢早早就做出约定。你怎么能提前三四个星期就说好，打算在某一天跟某个人吃饭？情况很可能是，一个大型和正式的聚会早有通知，而在此期间会冒出某件事，是你更急于处理的。可是有什么办法呢？日期早就定下了，受邀的客人八成会失约，就需要找个非常充分的借口，以免你的缺席显得无礼。你接受邀请，于是在一个月的时间里，这个约定带着阴郁的威胁笼罩着你。它干扰你原本的计划，它打乱你生活的秩序。对付这种处境只有一个办法，那就是把应邀的承诺拖到最后一刻。但这一招我始终不曾采用，因为缺乏勇气，或者有所顾忌。

就是这么怀着隐隐的不快，在六月的一个晚上，近八点半的时候，我离开半月街的住所，转过街角，去赴麦克唐纳夫妇的家宴。我喜欢他们。许多年前，我就暗下决心，不跟自己不喜欢或看不上的人吃饭。尽管因此而少享受了许多款待，我还是认为这是个好规矩。麦克唐纳夫妇样样都好,就是举办聚会的思路不对,看似有理,实则无益。他们昧于错觉,以为要是请六个人来吃饭,而客人们相互无话可说,聚会就是个失败;然而若将人数增至三倍,请上十八个人来,聚会就必然成功。我稍为迟到了,这几乎是不可避免的,因为你要是住得这么近,就犯不上叫出租车。我被引进客厅,里面已经济济一堂。这些人我几乎都不认识。眼见在一场冗长的宴会中,得绞尽脑汁跟两个素不相识的人没话找话地敷衍,我的心沉了下去。所以,见到沃顿夫妇——托马斯和玛丽姗姗而至,我简直如释重负;而进入餐厅后发现自己被安排在玛丽身旁,就更是意外的欣喜了。

托马斯·沃顿是位肖像画家,一度有过相当的成功,然而他从未实现年轻时的抱负,早已不被评论家们认真看待。他收入颇丰,但在皇家学院预展上,他的作品所获得的观众目光,不外乎路过时的匆匆一瞥。它们都是呆板乏味而一笔不苟的肖像,画的是些猎狐乡绅和富裕商人,被他一次不落地送到年度展来。他为人亲切友好,人们会因而乐于说他作品的好话。倘若你恰好身为作家,见他那么真挚热烈地看待你写下的任何东西,那么心醉神迷地分享你取得的任何成功,你就会希望你的良心能让自己,以相当的热情夸奖他的作品。就算办不到,成为这位肖像画家的朋友也会是你最后的归宿。

"这幅肖像看起来似乎跟本人一模一样呢。"你说。

玛丽·沃顿当年是位著名的音乐会歌唱家，声音至今依然悦耳动听。她年轻时必定非常漂亮。如今，到了五十三岁，人显得憔悴多了。她的五官略带男相，皮肤已现老态。不过灰色的短发浓密卷曲，美丽的眼睛颖慧明亮。她的穿着别具一格而非追逐时尚，偏好佩戴成串的珠子和奇特的耳环。她为人直率，对蠢笨言行异常敏感，又口无遮拦，所以许多人不喜欢她。但没人否认得了她的聪明。她不仅富于音乐才华，而且文学鉴赏力非凡，对于绘画也兴趣盎然。她拥有极为罕见的艺术直觉。她喜欢现代艺术，不是故作姿态，而是天生爱好。她以极其低廉的价格购买过无名画家的作品，而这些人后来都成名了。在她家里，你听得到最新的费解的音乐；并且在欧洲，除非她不惜为之与世俗大战一场，就没有哪个诗人或小说家，能够向读者奉上新颖的陌生的作品。你也许认为她矜于识见，她的确如此；然而她的品味近乎完美，她的判断合理明智，她的热情恳切坦诚。

没有人比托马斯·沃顿更欣赏她。他迷上了她，在她还是个歌手时就纠缠着向她求婚。她已经拒绝了他好多次，我觉得她终于嫁给他时是不无犹豫的。她认为他会成为了不起的画家，而当他结果只是个不错的工匠，缺乏创意或曰想象时，她觉得自己上了当。行家们对他的不屑使她蒙羞。托马斯·沃顿热爱妻子。他极其看重她的评价，宁愿得到她的一句夸奖而非伦敦所有报纸专栏的颂扬。她太诚实了，不会说敷衍的话。她对他作品的评价之低，使他深受伤害。尽管他装作将其权当玩笑，你看得出他在心里怨恨她的直言不讳。他狭长的马脸有时由于压制怒气而涨红，他的眼睛由于敌意而变得幽深。在朋友圈子里，这对夫妇的不和是众所周知的。他们一向的不加掩饰令人沮丧。托马斯·沃顿倒是对人只说玛丽的好话，玛丽却不够谨慎，她的密友深知她对他是多么气恼。她承认他的善良，他的慷慨，他的无私，她毫无保留地承认这些；但是他自身的缺陷，让人难以与之共同生活，因为他狭隘，好辩，自负。他算不上艺术家。玛丽·沃顿关心艺术甚于世间任何事物，在这个问题上不容妥协。这使她认识不到一个事实，即托马斯·沃顿使她怒不可遏的缺点，很大部分出自他受伤的情感。她不断地伤害他，而他一味固执、不能忍让地维护自我。一个人对你的认可至高无上，这个人却看不起你，没有什么能比这更糟了。托马斯·沃顿尽管毛病多多，仍然不免令人同情。而如果我使玛丽给人留下了一个不知满足、有些可厌、自命不凡的女人的印象，就是我对她不公平了。她是一个忠实的朋友，一个愉快的伙伴。你可以跟她谈论天下任何话题。她的谈话幽默而机智，她的活力旺盛无边。

现在她坐在主人的左侧，跟右侧的人们七嘴八舌地聊着。我被与邻座的交谈牵扯，但由玛丽的妙语引起的笑声听得出，她发挥得酣畅淋漓。她进入状态的时候，可是没人比得上的。

"你今晚兴致很高啊。"在她终于转向我时，我对她说。

"你觉得意外了?"

"没有哇,这不出我对你的设想。难怪人们争相邀请你去他们家做客。你活跃聚会的能力大得无限。"

"我也就是一尽微力而不负邀请而已。"

"对了,曼森怎么样?前些日子有人告诉我,他得进医院做手术呢。我希望病情不至于太严重。"

玛丽在回答之前停顿了片刻,不过脸上笑容依旧。

"你今晚没看报纸?"

"没看,我一直在打高尔夫球。只留出了回家沐浴换衣的时间。"

"曼森今天下午两点钟去世了。"我大吃一惊,正要叫出声来,但她制止了我,"小心。汤姆[1]正像只猞猁似的盯着我呢。他们都在盯着我。他们都知道我跟曼森关系好,但他们谁都不确切知道他是不是我的情人,连汤姆都不知道。他们想看我眼下的反应。你尽量显得像是在谈论俄罗斯芭蕾舞好了。"

这时,桌子对面有人跟她说话。她以一种习惯性的姿势向后仰了仰头,大嘴巴上带着微笑,不假思索地随口回了一句,惹得周围的人哄堂大笑。谈话再度变得七嘴八舌,我则被撇到了一边,兀自陷于惊愕之中。

---

[1] 托马斯的昵称。

我知道，人人都知道，二十五年来，杰勒德·曼森和玛丽·沃顿之间存在热恋关系。这种关系已经持续了如此之久，就连古板的朋友，即便一度感到震惊，也都早就见怪不怪，习以为常了。两人已经年纪不轻，曼森六十岁，玛丽也不比他小多少。在他们的年龄而不我行我素，这不免荒诞。你有时看到他们坐在冷清餐馆的僻静角落里，或者在动物园里一起散步，不禁纳闷他们为什么还遮遮掩掩，隐瞒一件他们自己而非别人的事情。不过当然了，还有个托马斯。托马斯疯狂地嫉妒玛丽。他多次大吵大闹，也确实在没多久以前，经过一段激烈的吵闹，迫使她承诺再也不跟曼森见面。当然她违背了承诺，并且虽然知道托马斯有疑心，她还是想方设法地预防，以免他发现这是个事实。

这对托马斯不公平。我现在就认为，要不是与曼森的交往惹得玛丽满怀怨怼，托马斯和玛丽本来会磨合得足以共处，她原本会接受他是个二流画家的事实。她丈夫的平庸和她情人的出众，二者的对比实在令人难以容忍。

"跟汤姆在一起，我觉得自己身处封闭的房间，里面到处是落满灰尘的小摆设。"她告诉我，"跟杰勒德在一起，我呼吸到山顶的纯净空气。"

"女人有可能爱上男人的心智吗？"我以纯粹的探究精神问道。

"杰勒德还有别的吗？"

这个，我承认，把我问住了。依着我，我想是没别的了；然而性别非同小可，我非常愿意相信，在杰勒德·曼森身上，玛丽看出了魅力和吸引力，那是大多数人都见不到的。他瘦小枯干，一张苍白的睿智的脸，眼镜后是淡蓝色的眼睛，一颗光头顶高额广。他全无浪漫情人的外表。另一方面，他确实是位观察敏锐的评论家和见解精当的随笔作家。我对他有所不满之处，是他对英国作家的不屑一顾，除非他们确定已死且入土为安；然而，英国知识界偏偏尊重他，他们总是相信自己国家产生不了好作品，杰勒德·曼森对他们影响巨大。有一次我对他说，只需把一句家常话译成法语，就可以使他误认其为警句。他则对这个玩笑大为赞赏，把它作为自己的话写进一篇文章。他接受这种称赞，认为这是在赞扬他将同时代人与用外语写作的人等量齐观。最恼火的是，谁都否认不了，他本人就是位出色的作家。他的文风优雅细腻，他的知识既广且深。他可以渊博而不自矜，有趣而不轻浮，华美而不做作。他的信笔之作都可圈可点。他的随笔是小型的杰作。在我眼中，他算不得怎样愉快的伙伴，也许是我没品出他的妙处所在。虽然认识他好多年了，我从没听过他说出半句逗乐的话。他少言寡语，一旦说句话就成了神谕。跟他独处一个晚上的前景会使我满怀沮丧。这个呆头呆脑、规规矩矩的小个子，居然写得出那般雅致、机敏、欢快的文字，这一直令我困惑不已。

更加令我困惑的是，像玛丽·沃顿这等豪放大气、生气勃勃的人物，竟然也对杰勒德·曼森如此一往情深。这些现象都是无法解释的。显而易见，在这个古怪、乖戾、暴躁的人身上，存在某种吸引女性的东西。他的妻子崇拜他。她肥胖、邋遢、令人生厌。她使杰勒德过着悲惨的生活，但始终拒绝给予他自由。她发誓，他要是离开，她就自杀。而由于她精神不够正常，歇斯底里，他一直拿不准她会不会兑现她的威胁。有一天，我和玛丽一起喝茶，见她忧心如焚，紧张不安。我问她怎么了，她眼泪夺眶而出。她刚和曼森吃过午饭，发现他跟妻子大吵了一顿，事后痛不欲生。

"我们不能这样下去。"玛丽哭着说，"这是在要他的命。这是在要我们所有人的命。"

"那你们为什么不孤注一掷？"

"这话什么意思？"

"两个人好了这么多年，如今互相无所不知。你们渐入老境，明知来日无多。一份持续这么久的爱没个结果，似乎是件憾事吧。你们这么做，对曼森夫人或汤姆有什么好处？他们由于你们俩这么折磨自己而得到了幸福吗？"

"没有。"

"那你们为什么不抛开所有顾虑，携手出走，让一切顺其自然？"

玛丽摇了摇头。

"这个我们早就无数次地探讨过了。我们已经探讨了四分之一世纪。这是不可能的。多年来杰勒德做不到，是由于女儿们的缘故。曼森夫人可能非常爱孩子，但她的爱是非常糟糕的溺爱。除了杰勒德，家里再没人能正确地照管孩子们的成长。现在她们出嫁了，而他已经积习难改。我们能怎么办？到法国或意大利去？杰勒德跟身边的一切有千丝万缕的联系，我不能硬把他拉走，那样他会很凄惨的。他太老了，不可能重新开始。而且，尽管托马斯不断指责我，吵吵闹闹，我们争执，互相怄气，他还是爱我的。事到临头，我简直不忍心抛弃他，没有我他就过不下去。"

"这是个毫无办法的困局。我实在为你感到难过。"

突然，玛丽红色的大嘴巴上绽放出灿烂的微笑，照亮了她憔悴、沧桑的脸。我要说，在这一刻，她是美丽的。

"你不必这样。我刚才情绪很低，不过现在痛痛快快哭出来就好些了。虽然这份恋情导致种种痛苦，种种不幸，但是即便从头再来，我都绝对不会放过它。为了我的爱带来的那些为数不多的短暂欢乐，我会愿意把这一生再活一遍。我想他会对你说同样的话。哦，这是如此地极其值得。"

我不禁大为感动。

"毫无疑问，"我说，"这完全是爱。"

"是的，这就是爱，我们只能一直爱下去。没有结局。"

而现在，随着这悲剧性的突然死亡，结局到来了。我稍转过脸看看玛丽，而她感到我的目光，也转过脸。她的唇上带着微笑。

"你今晚为什么来这儿？这对你一定很难受。"

她耸了耸肩。

"我能怎么办?我是在换衣服的时候看到晚报上这条消息的。杰勒德为妻子着想,不让我往医院打电话。这对于我等于死亡,我的死亡。我不得不来这里,跟主人一个月前就约好的。不来的话对汤姆怎么解释?按照承诺,我该两年没跟杰勒德见面了。你知道我们二十年都每天互相写信吗?"她的下唇微微颤抖,但她咬住了它。她的脸一时扭曲得走形,然而她强作微笑,使自己恢复过来:"他是我在这个世界上的一切,可我不能毁了这个聚会。我能吗?他总是说我懂得为人着想。"

"好在我们不妨早些退席,以便你回家。"

"我不想回家,我不想独处。我不敢哭,因为眼睛会红肿,而且汤姆跟我已经请了很多人,明天中午参加我们的家宴。顺便说,你能来吗?我想加一个人。我必须打起精神。汤姆指望以宴请揽一幅肖像的生意。"

"天哪,你可真有勇气。"

"你这样认为?你知道,我的心都碎了。我想就是这个使我容易应付些。杰勒德会喜欢我泰然处之。他会感到这种局面的讽刺。他一直认为法国小说家尤其擅长描写这类情境。"

教堂司事

这天下午，在内维尔广场上的圣彼得教堂里举行过一场洗礼，所以艾伯特·爱德华·福尔曼这会儿还穿着司事长袍。他另有一件新的，叠得板板正正，折痕鲜明，浑似永存的青铜铸就而非羊驼呢制成，在葬礼或婚礼上才穿（有层次的人们总是选择内维尔广场的圣彼得教堂来举行这些典礼），今天穿的只是比那稍旧的一件。身着司事长袍使他感到骄傲，因为这是他职位的庄严象征。不穿它（脱掉袍子下班回家）的时候，他但觉身上少了些什么，没着没落的。他尽心尽力地打理它，除尘熨烫一概亲力亲为。在这座教堂担任了十六年司事，这样的袍子穿过许多件，但穿旧的他从来都舍不得扔掉，每一件都用牛皮纸整整齐齐地包好，存放在卧室衣橱最下面的抽屉里。

司事静静地忙碌着，拿来涂过油漆的木头盖子，放回大理石圣洗池上，把为一位体弱的老夫人搬来的椅子挪走。只待祭衣室里的教区牧师完事出来,他就可以把那里收拾利索,然后下班。这时他看见牧师走过圣坛,在高高的祭台前屈了下膝,走下过道,可是牧师还穿着长袍。

"他还在磨蹭什么呢?"司事自言自语,"不知道我想喝茶了吗?"

这个牧师是新近到任的,红脸膛,精力充沛,四十出头。艾伯特·爱德华依然怀念前任牧师,那是位老派的教士,布起道来声音清亮,从容不迫,常常和教区里比较高贵的居民一起吃饭。前任牧师喜欢教堂里事事照旧,从不忙乱,不像新的这个,样样都要插上一手。不过艾伯特·爱德华很宽容。圣彼得教堂处于一个非常好的教区,居民都是些上等人。新任牧师来自东区,不可能指望他一下子改变,跟有层次的教徒持重的做派合拍。

"就是这么忙忙叨叨的。"艾伯特·爱德华说,"不过时间长了,他就能学会的。"

这时牧师沿着过道走来,在无须提高声音便可与司事说话的距离停下脚。做礼拜的场所是不宜喧哗的。

"福尔曼,到祭衣室来一下好吗,我有件事要跟你说。"

"好的,先生。"

牧师等他走近,两人一起朝教堂深处走去。

"我认为洗礼非常成功,先生。有意思的是,你一抱起婴儿他就不哭了。"

"他们差不多都这样,我早就注意到了。"牧师微微一笑说,"毕竟给那么多婴儿施过洗礼,我已经熟练了。"

对于牧师,这个现象是他暗自骄傲的来源。他几乎总是能以自己的方式抱起婴儿,止住啼哭。他不是不知道婴儿母亲和保姆们的反应,她们一边注视身着法衣的他把婴儿安顿在臂弯里,一边笑着啧啧称赞。司事知道他乐于听到对他才干的恭维。

牧师在艾伯特·爱德华头里走进祭衣室。看到里边坐着两位教区理事,艾伯特·爱德华略觉意外。他不曾见到他们到来。两人笑着朝他点了点头。

"下午好,大人。下午好,先生。"他逐个向他们打招呼。

他们是上了年纪的人,两人都是。他们担任教区理事的年头,几乎跟艾伯特·爱德华当司事一样长。现在他们坐在一张精致的长桌旁,那是老牧师多年前从意大利带来的。牧师坐到两人中间的空椅子上。艾伯特面对他们,桌子横在前边,心里稍感不安地猜想是怎么回事。他还记得风琴师惹上的麻烦,以及大家为了平息事态而不得不费的气力。在内维尔广场的圣彼得这种教堂里,他们是承受不起流言蜚语的。牧师的红脸膛上表情坚定而温和,另两人则神色不无局促。

"他刚才一直在对他们唠叨,准是这样。"司事心想,"他哄骗他们干什么事,可是他们根本不愿意。就是这么回事,等着瞧好了。"

不过，艾伯特的想法没有显露在他那张轮廓鲜明、相貌堂堂的脸上。他态度不亢不卑地站在那里。在受任教职之前他做过仆人，但都是在非常体面的人家，所以言谈举止无可指摘。由在一个大富商家打杂开始，他一步一步地从四等仆役升到了头等位置。在一位孀居贵妇家，他单枪匹马地当了一年管家。圣彼得教堂职位出现空缺时，他是在一位退休大使家里做管家，手下有两个人。他高大瘦削，沉稳庄重。他的外表，如果说不像公爵，至少也像个专门饰演公爵角色的老派演员。他老成、坚定而自信。他的品格无可置疑。

牧师语气轻快地开了口。

"福尔曼，我们有件不太愉快的事得对你说。你已经在这里干了这么多年，我想爵爷和将军他们两位跟我的看法一致，那就是，你尽职尽责，有关的人全都非常满意。"

两位教区理事点点头。

"但是，前几天我听说了一个极不寻常的情况，我觉得有责任把它说给教区理事们。我非常惊讶地发现，你既不识字也不会写字。"

司事脸上没显出丝毫难堪。

"前任牧师知道这个的，先生。"他答道，"他说这毫无影响。他经常说，在他看来，这个世界上的教育实在是太多了些。"

"这是我听过的最奇异的事了，"将军叫道，"你的意思是说，你在这所教堂做了十六年司事,却完全没学会阅读和书写?"

"我十二岁就给人家当差,先生。头一家的厨师一度想教我,可是我在这方面好像不开窍。后来一件事接着一件事的,我就好像再也没有时间了。我从没真正感到读写的需要。我认为现今有许多年轻人,把许多宝贵的时间花费在阅读上,而他们本应做些有用的事。"

"可是你不需要了解时事吗?"另一位教区理事说,"你就不需要写封信吗?"

"不,大人。不会读写我好像也过得挺好。近些年报纸上的照片很多,我一看就明白发生了什么事。我老婆文化可不低,我要是需要写信,她就能代我写。我似乎不是个赌徒,不会识字写字也行。"

两位教区理事不安地瞥一眼牧师,随即低头盯着桌子。

"你看,福尔曼,我跟两位先生讨论过这事,他们都非常同意我的看法,这样子是不行的。在内维尔广场的圣彼得这种教堂,我们不能雇用一个既不识字又不会写字的司事。"

艾伯特·爱德华瘦削而灰黄的脸涨红了。他不自在地动了动双脚,但没有答话。

"你要明白,福尔曼,我对你提不出任何意见。你的工作做得尽善尽美。我对你的品格和能力都有最高的评价。但是,我们无权冒险,你令人惋惜的缺乏教育也许会导致某种意外。这是牵涉原则的问题也是需要慎重的问题。"

"不过你不是可以学习吗,福尔曼?"将军问道。

"不,先生,我恐怕办不到,现在不行了。你看,我已经不再年轻,既然小时候都好像没法把字母塞进脑袋里,我想,现在可能性就更小了。"

"我们并不想跟你过不去,福尔曼,"牧师说,"不过教区理事和我已经拿定了主意。我们给你三个月时间。到了期限,你要是还不能读和写,恐怕你就得离开了。"

艾伯特·爱德华从来都不喜欢这个新牧师。他当初就说,上级把圣彼得交给此人是个错误。这人并非理想人选,不是那种与本教区教民相符的牧师。这时他略为挺直了身子。他知道自己的价值,他不会允许自己任人摆布。

"很抱歉,先生,这大概行不通。跟俗话讲的一样,我是老狗学不成新把戏了。我不会读写也过了这么多年。我不想称赞自己,自我夸奖是不可取的;不过我觉得不妨说,在仁慈的上帝赐予的美好生活里,我是尽到了责任的。就算现在能学成,我也不认为自己愿意学。"

"这样的话,福尔曼,我恐怕你就必须离开了。"

"好的,先生,我完全明白。你一旦找到接替的人,我会乐于马上提出辞职。"

只是,当牧师和两位教区理事离去,艾伯特·爱德华一如既往彬彬有礼地关上大门以后,他再也无法保持镇定的神态了,刚才他一直怀着这种尊严承受着打击,他的嘴唇颤抖起来。他缓慢地走回祭衣室,把自己的司事长袍挂到适当的木钉上。想到这件袍子亲历的所有那些隆重葬礼和华丽婚礼,他叹了口气。他把一切整理就绪,穿上自己的外套,拿起帽子,走下过道。出了教堂,他转身把大门锁好。他漫步穿过广场,但深陷愁思,没有走上回家的街道,去喝那杯等着他的香浓的茶。他拐错了弯。他缓慢地沿街而行,心情很是沉重,不知道该拿自己怎么办。他没有想再去给别人做管家,已经自己做主这么多年了。教区牧师和教区理事愿意怎么说随他们,毕竟是他一直照管着内维尔广场的圣彼得教堂。他绝不能重操旧业而委屈自己。他积攒有一小笔钱,但不足以什么都不干而衣食无忧,生活费用好像也在逐年增高。他从来都没想到过会被这样的问题困扰。圣彼得教堂的司事,就跟罗马的教皇一样,是要当一辈子的呀。他常常设想,在自己死后的第一个星期日,晚祷上布道的时候,教区牧师会令人愉快地提到他:教堂已故的司事艾伯特·爱德华·福尔曼,长期忠于职守,品格堪为楷模的。他深深地叹了一口气。艾伯特·爱德华不抽烟,不喝酒,不过限于一定范围。也就是说,吃晚饭的时候也会喝杯啤酒,乏了的时候也会点上一支烟。眼下他就突然觉得,来根烟抽会有所慰藉。由于不随身带烟,他就前后左右地看,想找家店买一包"金叶"烟。他一时没找到,就再往前走了一段。这是一条很长的街道，街边有各种各样的店铺，可就是没有一家店能让你买到香烟。

"这就怪了。"艾伯特·爱德华说。

他想确认一下，就在街上重走了一遍。没有，此事毫无疑问。他停下脚，思索着打量这条街。

"我不会是唯一走在这条街上而想找根烟抽的人。"他说，"谁要是在这里开家小铺准能赚钱。烟草、糖果什么的，你知道。"

他猛然一愣。

"这倒是个好主意。"他说，"真奇怪，想法怎么总是在你最料不到的时候冒出来。"

他转过身，走回家，喝起茶来。

"你今天下午连一句话都没说，艾伯特。"他的妻子注意到。

"我在想事。"他说。

他把这件事从各个角度想了个遍，第二天就返回去，沿街打问，幸运地找到了一处待租的小铺面，看来十分合意。二十四小时后，他把这里租了下来。永远离开内维尔广场的圣彼得教堂一个月后，作为烟草和报刊零售商，艾伯特·爱德华·福尔曼的生意开张了。他的妻子说，担任过圣彼得教堂司事之后，再干这个事简直是一落千丈。但他答道，人就得与时俱进。教堂不再是以前的教堂了，而今后他要让还俗的就归于世俗。艾伯特·爱德华经营得如此出色，不过一年，他就不由得想到，不妨再开一家店，雇个人照管。他着手物色第二条没有烟草店的长街。发现这样的街道后，又找到待租的铺面，他便租了下来，为之采办货物。这家店也成功了。这时，一个念头涌现了：既然能开两家，就能开五六家。于是，他开始走遍伦敦，只要发现没有烟草店而有铺面待租的长街，他就租下铺面。十年时间里，他租到了不下十家店铺，令人眼花缭乱地赚着钱。每逢周一，他亲自逐个到这些店铺去，收取一周的盈利，然后送到银行去。

一天上午，在银行里，他正在存入一沓钞票和沉甸甸的一袋银币时，出纳员告诉他，银行经理想要见他。他被引进一间办公室，经理跟他握了握手。

"福尔曼先生，我想跟你谈谈你存在我们银行的钱。你知道究竟有多少吗？"

"不能精确到个位数，先生，不过大致不差。"

"不算今天上午存的，一共三万英镑多一点。这可是很大一笔存款了。我会觉得，你用它来投资更合适。"

"我可不想冒风险，先生。我知道放在银行里安全。"

"你无须丝毫担心，我们会为你选择一些可靠的金边债券。它们所提供的利率，比我们所能付的高得多。"

福尔曼先生令人尊敬的脸上现出疑虑。"我从没接触过股票和证券。我只要把钱放到你们手里就行了。"他说。

经理笑了。"我们会安排好一切的。你下次来的时候，要做的只是在转账单上签签名。"

"这个我倒是完全做得到,"艾伯特迟疑地说,"只是我怎么知道自己签的是什么呢?"

"我还以为你不识字呢。"经理略带尖刻地说。

福尔曼先生心平气和地微微一笑。

"哦,先生,正是这样。我不识字。我知道这听起来近于笑话,但是事实如此。我不会读也不会写,只会签名,而且连这都是在做上生意之后才学会的。"

经理感到如此惊奇,以至从椅子上跳将起来。"这可是我平生所闻最不寻常的事情。"

"你知道,事情是这样的,先生。我一直没机会学习,有机会时又太晚了,不知道怎么回事我还不想学。我有点顽固。"

经理目瞪口呆地盯着他,就像他是个史前怪物。

"你的意思是说,你创建了这么大一摊生意,积聚了三万英镑的财富,却不会读也不会写?我的天哪,好家伙,要是会读会写,那你现在得是个什么人物哇?"

"我可以告诉你,先生。"福尔曼先生说,依然高贵的脸上露出一丝微笑,"那我就是内维尔广场上圣彼得教堂的司事。"

插 曲

　　这是一次客人很少的聚会，因为女主人喜欢出席者能有共同的话题。坐到她家餐桌旁的人从来没超过八个，通常只有六个。就连饭后进入客厅，椅子都是安排好的，无论哪两个人都别想躲到角落去私下说话，扫大家的兴。我一进门就愉快地发现，每个人我都认识。女主人之外还有两位优雅而聪明的女士，男客人除了我还有两位先生，其中包括内德·普雷斯顿，我的朋友。女主人立有一条规矩，就是从不邀请夫妻一同做客，她说两人会都放不开。要是哪一对不愿意被拆散，那就都别来好了。然而，垂涎于她家的佳肴美酒，加上谈话几乎总是富于趣味，受邀者普遍欣然而至。人们有时抱怨，说她邀请的丈夫多于妻子，而她自我辩解道，由于做丈夫的男人比做妻子的女人多，她对此也无可奈何。

　　内德·普雷斯顿是苏格兰人。他脾气非常好，总是高高兴兴的，还擅长讲故事。由于他话太多，故事有时讲得长了些，不过总是生动而富于感染力。他是个单身汉，有一小笔钱，只够维持说得过去的生活。这在他就算是运气不错了，因为他身患慢性肺结核。这种病可能多年不愈而不致命，可也使人无法以工作谋生。他不时由于病发而两三个星期卧床不起。然而病情改善之后，他又跟往常一样快活、乐观和健谈。我认为他未必有足够的钱住进费用昂贵的疗养院，他当然也没有耐性去适应那种日子。他喜欢世俗生活。身体好时，他乐于走出家门，在外面吃午饭，在外面吃晚饭，还乐于一坐就坐到半夜，又是抽烟斗，又是纵饮威士忌。他倘若满足于过病人有所节制的生活，也许至今依然健在，然而他不肯。可是谁又有资格责备他呢？他五十五岁时吐血而死。那天夜里，他刚赴什么人的家宴归来。他可能还为自己在席上的谈吐而扬扬自得呢，那次他可是风光占尽。

跟有些肺病患者一样，他的精力旺盛极了。他总是在找事干，以满足其好动的倾向。我不清楚他如何得知，沃姆伍德·斯克鲁布斯监狱需要志愿辅导员。这引起了他的兴致，他就前往内政部，找到负责监狱事务的官员，向其自荐。这份工作没有报酬。虽然出于同情感或好奇心而不无应征者，但是由于日久生厌或发现耗时过多，这些人往往虎头蛇尾，而他们本来关心的问题，囚犯的困难、利益和未来等，也就无人过问了。因而，内政部的人便加了份小心，不录用看来干不长的人。他们认真了解申请人的履历、性格，以及总体适应能力。然后还要试用，并仔细观察。如果得出的印象是不合适,他们就礼貌地感谢申请人,并告知其无须继续。不过,内德·普雷斯顿使严格而精明的面试官员大为满意,认为他完全可靠。从一开始,内德·普雷斯顿就跟监狱长、看守和囚犯们相处融洽。他完全没有等级观念,所以,囚犯们尽管社会地位低下,跟他相处仍然很自在。他不规劝也不说教。他平生不曾犯法,连有违道德的事都没做过。然而,在不得不了解囚犯们的罪行时,他对待它们一如对待自己的结核病:那是令人厌恶的,然而你得直面它,不过当作话题却也无益。

沃姆伍德·斯克鲁布斯是关押初次犯罪者的监狱。它是一座阴森森的楼房,通体透着寒意,令人望而却步。内德带我去过一次。当一道道门次第打开,放我们进去时,我浑身直起鸡皮疙瘩。我们穿过囚犯们正在干活的一个个大厅。

"你要是发现什么朋友,就装作没看见。"内德对我说,"他们不喜欢被人发现。"

"在这里我有可能发现朋友吗?"我凛然道。

"这可不好说。你要是真有什么朋友屡次使用无效支票,或者在某个公园里由于行为不轨而被捕,我就不会大惊小怪。在这里我有多少次碰上在外面吃饭时结识的人,你是想不到的。"

内德的任务之一,是帮助新来的囚犯度过最初的困难日子。由于审讯和宣判,他们往往深受震撼。在预审期间和预审之后,他们都得进入拘留所,脱衣、洗澡、体检、接受讯问,换上囚衣,再被送进牢房锁起来。经历过这些,他们几乎都崩溃了。他们有时歇斯底里地哭喊,有时吃不下饭睡不着觉。这时内德要做的工作,就是使他们振作起来。而他的轻快松弛和自然亲切,常常产生奇异的效果。如果犯人为老婆孩子而焦虑,他就去看望他们;赶上犯人的妻儿衣食无着,他还要自掏腰包接济他们。他带给犯人们新闻,以使他们得以克服难过的感受,不致觉得自己与世隔绝。他给犯人们读体育报纸,让他们知道哪匹马在大赛中胜出,或者某位冠军是否在拳击赛中卫冕。他会为犯人的未来出谋划策。在犯人快要获释时,他琢磨他们适合做哪些工作,又去劝说雇主们,给予他们改过自新的机会。

由于人人都对关于犯罪的消息感兴趣,所以只要内德在场,话题迟早会转到这上面来。这天饭后,我们拿着饮料杯,惬意地在客厅就座。

"内德,最近斯克鲁布斯监狱有什么有趣的案子吗?"我问他。

"没有,没有什么。"

他高亢的嗓门十分刺耳,他咯咯的笑声很是难听。眼下他就这么笑了起来。

"今天我去见了一个蠢女人,实在好笑。她丈夫是个入室盗窃犯,警察怀疑他好几年了,可是直到最近才把他拿下。他每次作案之前,都先跟老婆编好一套说辞,以证明他不在犯罪现场。所以,尽管他有三四次被捕并受审,警方却始终无法取得突破,

插曲

他总是得以逃脱惩罚。话说,不久前他又一次被捕,可是他不慌不忙,因为跟老婆编造的不在犯罪现场辩解堪称完美,他期待跟往常一样无罪释放。他老婆走上证人席,可是让他大惑不解的是,老婆没有提供他不在犯罪现场的证词,结果他被证明有罪。我去看过他。他对坐牢的烦恼,都不如对老婆没有做证的困惑大。他要我去见她,问问她玩的什么把戏。好,我就去了。诸位知道她对我怎么解释的吗?她说:'哦,先生,是这么回事,这套不在犯罪现场的证词太精彩了。我实在是舍不得用掉它。'"

大家自然是哄笑起来。讲故事的人都喜欢捧场的听众,内德·普雷斯顿更不会放过喋喋不休的机会,他又讲了两三件逸闻趣事。它们倾向于证明他所热衷的一个观点:纵观英国人广泛享受民主之前的年代,与富裕并想来有教养的各阶级相比,在所谓下层社会中,有着更热烈的情感,更传奇的浪漫,更大胆的率性而为;前者则由于谨小慎微而畏首畏尾,循规蹈矩。

"只因劳动者读书不多,"他说,"只因他们不善于表达自己,你们就以为他们没有想象力。你们错了,他们极其富于想象。由于他们五大三粗,你们就以为他们麻木不仁。你们又错了,他们高度敏感。"

内德然后给我们讲了个故事。下面是我的复述,我尽量把它讲好。

弗雷德·曼森是个英俊的家伙。他长得高大,健壮,一双湛蓝的眼睛，相貌周正，微笑友好动人，而最出色的是一头浓密而起伏的深红色头发，走到街上过路人都会多看他一眼。他的头发的确漂亮非凡。也许正是这一点赋予了他强烈的感官之美，他的男性气质犹如醉人的芳香。他的眉毛也很浓，颜色比头发的稍淡。红头发的人往往皮肤难看，他则足够幸运，皮肤光滑而呈橄榄色。他的眼睛炯炯有神，在他微笑或大笑时表情极具魅力，而正值青春的他健康而充满活力，总是爱笑。他二十二岁，给人以热爱生活的愉快感觉。凭着如此的样貌，尤其是扰动人心的性感，他自然赢得了女人们的偏爱。他迷人，温柔，热情，可是用情极不专一。确切地说，他并非厚颜无耻，也算是随和友善。然而不管怎样，对于一时迷恋的对象，他都十分清楚地表明，自己只想逢场作戏，而不可能跟任何人厮守终生。

弗雷德是个邮递员，在布里克斯顿工作。这是伦敦的一个人口稠密地区，奇怪地以所藏匿罪犯比其余各郊区的都多而闻名。其实这是由于电车整夜跨越泰晤士河开往此地，人在伦敦西区入室作案之后，能够有把握顺利地溜回家。弗雷德喜欢自己的工作。布里克斯顿区街道稠密。街边矮小房屋里的居民，既有在这一带就业的人，也有通勤的职员、店员和各行各业的熟练工人，后者天天都得到对岸去上班。弗雷德身强体健，走街串巷投递信件对于他是种乐趣。有时送包裹上门或挂号信需要签收，他便有了接触客户的机会。他是个喜欢交际的人，无论他被派到哪条线路，

插 曲

没跑多久人们就都与之相熟了。过了一段时期之后，他的业务有所变动。职责改为巡视收信的红邮筒，取出信件，然后送往地区分局。有时一圈转下来，邮袋会变得很是沉重，然而仗着一身力气，邮袋的重量只能使他嘿嘿一笑。

一天，弗雷德在一条比较整洁的街道上取邮筒里的信，这里的房屋都是半独立式的。他刚扎上袋口，见一个姑娘沿街跑了过来。

"邮递员，"她喊道，"把这封信带上好吗？我特别想让它赶上这一趟送出。"

他朝姑娘和气地笑了笑。

"非常愿意为女士效劳。"他说着，放下邮袋并打了开来。

"本来不想麻烦你，可这是个急件。"她说着，把手里的信递给他。

"给谁的，男朋友？"他咧嘴笑道。

"不关你的事。"

"好好，还挺傲气的。不过我得告诉你，他这个人不行，你可别听他的。"

"你还真敢说啊。"她责备道。

"别人也这么评价我。"

他摘下帽子，拢了拢蓬松的红色鬈发。姑娘看到，惊奇得倒抽了一口气。

"你在哪家店烫的头发？"她咯咯地笑着问。

"你要是喜欢，我这几天就带你去。"

弗雷德以含笑的眼睛低下头看着她。姑娘觉得他身上有某种东西，奇特而微妙地拨动了自己的心弦。

"好啦，我得走了。"他说，"要是我干活不够干净利索快，真不知道国家会出什么事呢。"

"我也没不让你走哇。"她冷冷地说。

"这正是你做得不对的地方。"他答道。

弗雷德看了她一眼，这使姑娘心头一阵怦怦乱跳，觉得自己的脸都红到了耳朵根。她扭头便跑回家去了。弗雷德注意到，她家是邮筒过去第四个门，那里是他的必经之路。经过门口时，他抬头望了望，发现网状窗帘抖动了一下，他知道姑娘在张望。他不由得自鸣得意。在以后的几天里，每当经过这里，他总是望望这所房子，但始终不见姑娘的踪影。一天下午，他刚走进姑娘住的这条街，竟意外地遇到了她。

"你好。"他说，停下了脚步。

"你好。"

她的脸霎时通红。

"近来一直没看见你呀。"

"你也没怎么当回事吧。"

"这只是你的想法而已。"

姑娘比他印象中的还要漂亮。乌黑的头发,乌黑的眼睛,高挑的个子,苗条的腰身,优美的体态,白皙的皮肤,洁白的牙齿。

"哪天晚上和我一起去看电影好吗?"

"你以为我当然会去,是吗?"

"值得一去呀。"他说,一边厚着脸皮迷人地咧嘴笑。

她不由得也笑了。

"我不去,不值得。"

"啊,去吧。青春一去不复返哪。"

他身上有某种东西十分吸引人,让她无法断然回绝。

"我真的不能去。家里不会愿意我跟素不相识的男人出去。要知道,我是独生女,父母时刻都在记挂我。哎呀,我连你的名字都不知道呢。"

"好,我可以告诉你,不是吗?弗雷德,弗雷德·曼森。你就不能说,你要和一个女友去看电影吗?"

姑娘此时体验着一种前所未有的感受。她不清楚这是痛苦还是欢乐。她不可思议地感到透不过气来。

"我想我可以这么说。"

他们约定了日期、时间和地点。那天晚上,弗雷德在电影院门口等来了姑娘,两人进去坐定。不过开演后,当弗雷德搂姑娘的腰时,她一声没吭,眼睛望着银幕,平静地把他的手臂拿开了。弗雷德握她的手,她又抽了回去。他感到惊奇。姑娘们通常不是这样子的。他不明白，要不是为了搂抱一下，人们为什么进电影院。看完电影，弗雷德送她步行回家。姑娘告诉了他自己的姓名，格雷丝·卡特。父亲在布里克斯顿路有一家自己的商店，经营布匹，有四个店员。

"他的生意一定不错吧。"弗雷德说。

"他没有什么怨言。"

格雷丝是伦敦大学的学生，取得学位后她要当一个教师。

"店里那么好的生意等着你做，还当什么教师呢？"

"我爸供我念书，不是想让我做店里的事，他想让我过更好的日子，不知你懂不懂我的意思。"

她父亲早年以做学徒开始谋生，后来当上布店店员。由于勤奋、诚实和头脑灵活，现在成为一家生意兴隆的小商店的店主。事业的成功使他对独生女儿产生了很大的期望。他根本不想让女儿做生意，而是希望她能嫁给一个有一技之长的人，或者至少嫁个在伦敦金融商务区从业的人。那时他就把商店卖掉，退休养老，格雷丝则会贵为夫人了。

他们走到格雷丝家的街角时，格雷丝伸出手来。

"你还是别到门口去了。"她说。

"你不打算跟我吻别吗？"

"我不。"

"为什么？"

"因为我不想。"

"你还会去看电影的，对吧？"

"我想还是别去了。"

"什么呀，还是去吧。"

他话中的恳求是如此热切，她觉得自己的膝盖都好像软了。

"我要是去，你能规规矩矩的吗？"

他点点头。

"你保证？"

"绝对保证。"

分手的时候，弗雷德搔着头皮。这姑娘可真有意思，弗雷德从没遇到过近似她的女友。非同寻常，这是毫无疑问的。她的声音中有什么东西令人心动，是暖意和柔情。弗雷德琢磨着它像什么，感觉就像格雷丝的话在吻他。听起来傻傻的，的确，然而就是这股傻劲仿佛在吻他。

从那以后，他们每星期都要去看一两次电影。没过多久，格雷丝就允许弗雷德搂腰和握手，但决不让他得寸进尺。

"你被男的吻过吗？"弗雷德有一次问。

"没有，从来没有。"格雷丝干脆地说，"我妈可有意思了，她说姑娘得让男人尊重才行。"

"我情愿用世上任何东西来换取吻你，格雷丝。"

"别说傻话了。"

"就吻一下都不让？"

她摇摇头。

"为什么不让？"

"因为我太喜欢你了。"她声音沙哑地说，随即迅速走开。

这件事使弗雷德大为改变。他需要格雷丝，程度前所未有。格雷丝这句话把他惊呆了。他一直在深深地思念着格雷丝，他热切地期待他们晚上的约会，平生从不曾对任何事如此上心。他第一次对自己没了把握。格雷丝各方面都比他优越，她大把赚钱的父亲，她所受的教育等等，而他不过是个邮递员。他们约好下周五晚上见面，弗雷德忧心忡忡，唯恐她不会赴约。他一遍一遍地对自己念叨格雷丝的话：也许这话的意思是决心甩掉他。终于看见格雷丝沿街走来时，他如释重负，几乎呜咽起来。这天晚上，弗雷德既没搂格雷丝的腰也没握她的手。送格雷丝回家时，他一言未发。

"你今晚很安静，弗雷德。"格雷丝终于说，"你怎么了？"

弗雷德又走了几步才回答道：

"我不想告诉你。"

格雷丝顿时停下脚步，抬起头盯住弗雷德。她脸上满是惊恐。"告诉我，不管什么事都要告诉我。"她声音颤抖地说。

"我完蛋了，我管不住自己，我满心都是你，晕头转向。我以前不知道，恋爱原来是像我爱你这个样子的。"

"哦，就是这个？你把我吓了一大跳，我还以为你会说你要结婚了呢。"

"我？你把我当成什么人了？我只想跟你结婚。"

"是吗，那你还等什么，傻瓜？"

"格雷丝！你这话当真？"

弗雷德张开双臂抱紧她，满满地吻住她的嘴。格雷丝没有拒绝，她回吻了弗雷德，弗雷德感到她心中的激情跟自己的同样强烈。

他们商量好，格雷丝会告诉父母，自己跟弗雷德订婚了；弗雷德则会于星期天登门拜访她的父母。由于星期六商店关门很晚，卡特先生到家时已经精疲力竭，格雷丝直到星期天午饭后才得以宣布。乔治·卡特先生举止麻利，人不太高，但很结实，面色赤红。他的生意顺风顺水，体重也蒸蒸日上。他的头近乎全秃，灰色的髭须短而且硬。与许多出身于劳动阶级的雇主一样，他跟奴隶主似的驱遣员工，一心让他们少拿钱而多干活。他大事小情都看在眼里，容不得半点敷衍塞责。不过他通情达理，温和友好，所以店员们并不讨厌他。卡特夫人安静、贤惠，相貌周正，风韵犹存。夫妻均已五十出头，因为他们当初是"相处"了将近十年才迟迟成家的。

当格雷丝把这件不得不说的事情告诉父母时，他们很是惊讶，但并没有不高兴。

"你这个小滑头。"父亲说,"奇怪,我一点都没觉得你爱上了什么人。也是,看来这事迟早都要发生的。他叫什么呢?"

"弗雷德·曼森。"

"在学校里认识的?"

"不是。你肯定在附近看见过他。他管理我们家附近的信箱,他是个邮递员。"

"啊,格雷丝,"卡特夫人叫起来,"你说什么呢。我们供你念了这么多年的书,你不能嫁给一个普通的邮递员哪。"

卡特先生一时张口结舌。他的脸从没这么红过。

"孩子,你妈说得在理。"他终于说出话来,"你不能就这么随便嫁人哪。唉,真是荒唐。"

"我没有随便嫁人哪。你们见过他再说嘛。"

卡特夫人哭了起来。

"太降低身份了,太有辱门风了。我再也抬不起头来了。"

"唉,妈,别这么说呀。他是个好小伙子,工作也挺好的嘛。"

"你根本都不懂。"她呻吟着。

"你怎么认识他的?"卡特先生插嘴道,"他的家庭什么样?"

"他爸是开邮车的。"格雷丝挑战似的答道。

"工人阶级。"

"是的,那又怎样?他爸在邮局工作二十四年了,人家可是很敬重他的。"

卡特夫人咬着手帕角。

"格雷丝,我要告诉你一件事。在跟你爸结婚之前,我在别人家做女佣。你爸绝不会让我告诉你,因为他不愿意你为我而感到丢脸。就是由于我当女佣,我们才那么多年没结婚。我伺候的那位夫人说了,我要是服侍她终生,她就在遗嘱里给我留些财产。"

"我就是靠那笔钱发的家。"卡特先生插进来说,"没有那笔钱我根本到不了今天这个地步。我不妨对你说,你妈是天下最好的妻子。"

"我没受到正规教育,"卡特夫人接着说,"可我一直心有不甘。我这辈子最骄傲的时刻,就是当初你爸说,我们雇得起女仆来帮我做家务了。他说:'你有一个厨子和一个女仆的时候即将到来。'他说到也做到了,而你现在却要走我的老路。我可是决心要你嫁给一位绅士呀!"她又哭了起来。

格雷丝爱自己的父母,见他们这么伤心很不落忍。

"对不起,妈。我知道这会让你失望,可我没办法,实在没办法。我爱他,我太爱他了。我确信你见到他也会喜欢的。我和他今天下午要去公园走一走。我可以带他来吃晚饭吗?"

卡特夫人心烦意乱地看了看丈夫。他叹了口气。

"我是不愿意,也用不着假装愿意。不过我想,咱们还是见见的好。"

晚饭的情况比预想中的好。弗雷德没有畏缩拘谨,对格雷丝父母说起话来就像是从小就认识他们。不论是由女仆服侍,还是在配备桃花心木桌椅的餐厅里吃饭,乃至饭后到放着他没见过的大钢琴的客厅里休息时,他都表现得落落大方。他告辞后,卧室里只有卡特夫妇时,他们谈论起弗雷德来。

"他很英俊,这个否认不了。"她说。

"行为美才是真正的美。你觉得他是不是贪图她的钱哪?"

"嗯,他肯定知道你在什么地方存了那么几个钱,不过他还真是爱她的。"

"哦,为什么这么想?"

"嗨,只要看看他盯着她的样子啊。"

"嗯,这个倒是有道理。"

结果是卡特夫妇不再反对,不过有个条件,就是得等格雷丝取得学位之后,两个年轻人才能结婚。这样卡特夫妇就有了一年时间,而他们心底里存着希望,就是女儿到时候会改变主意。从此以后,他们经常见到弗雷德。他每个星期天都跟他们一起度过。渐渐地,他们开始很喜欢他了。他是这么随和,这么快活,这么兴高采烈,而最重要的是这么明显地深深爱着格雷丝,以至卡特夫人很快就被他的魅力折服。没过多久,连卡特先生都愿意承认,他看来是个不错的小伙子。弗雷德和格雷丝感到非常幸福。每天,格雷丝去伦敦市内上课,学习用功。晚上,他们俩快乐地一起游玩。弗雷德送给她一枚非常精美的订婚戒指,常常带她到西区去吃晚饭和看戏。星期日天气好时，弗雷德就开车带她到乡间去，说汽车是一个朋友借给他的。格雷丝觉得弗雷德花在她身上的钱过多，问他负担得起吗时，弗雷德哈哈一笑，说有个哥们儿给他透露了些赌马的内幕，让他押一匹冷门的马，他因而捞了一大笔钱。他们不厌其烦地设想作为婚房的小公寓，谈论布置它会带来的无限乐趣。两人比先前更加情投意合了。

不料，这时祸从天降。由于盗窃所经手信件里的钱，弗雷德被捕了。许多人图省事不买汇票，把现钞直接放进信封邮寄，而要发现信封里有钱并不算难。弗雷德受到审讯，认了罪，被判处两年苦役。格雷丝旁听了审判。直到最后一刻，她还希望弗雷德能够证明自己无罪。当弗雷德承认有罪时，她受到了致命的打击。法庭不允许她跟弗雷德会面。弗雷德从被告席被直接押上了囚车。格雷丝回到家，把自己锁进卧室，一头扑到床上痛哭起来。卡特先生从商店回家后，格雷丝的母亲上楼来到她的房间。

"格雷丝，你得下楼去。"她说，"你父亲有话对你说。"

格雷丝从床上爬起来，下了楼。她连眼中的泪水都懒得去擦。

"看报纸了？"他说，一面递过《晚间新闻》报。

她没应声。

"哼，这个年轻人这下子完了。"他粗声粗气地接着说。

弗雷德被捕时，他们，格雷丝的父母，也大为震惊。可是女儿那么痛苦，那么确信事情完全可以解释清楚，他们不忍心告诉她,必须跟弗雷德一刀两断。然而现在他们感到,是跟女儿把事情挑明的时候了。

"吃饭、看戏的钱原来是这么弄到的。还有汽车,我当初就起过疑心。星期天正是用车的时候,他会有个朋友自己不用而借给他。他是租的,对吧?"

"我想是的。"她痛苦地说,"他说什么我就信什么。"

"你幸而没受牵连,我的孩子,我只能这么说。"

"他这么做只是想使我快活。他不想让我觉得,跟他在一起,我就不能像在家里习惯的一样,要什么有什么。"

"我希望你别再为他辩解了。他就是个贼,不是别的。"

"我不在乎。"她气恼地说。

"你不在乎?这话什么意思?"

"就是这个意思。我要等他,他一出狱我就嫁给他。"

卡特夫人吓得倒抽了一口气。

"格雷丝,你可不能这么干!"她大喊大叫,"想一想有多丢人。我们可怎么办哪?我们一向都行得正坐得端。他是个贼,一回做贼永远是贼。"

"别再说他是贼!"格雷丝尖声叫道,气得直跺脚,"不管他做了什么,那么做都是由于爱我。就算是贼我也不在乎。我比以前更爱他了。你不懂什么是爱情,你等了十年才嫁给爸,只是由于那么做一个老太太才会分给你些遗产。你管那叫爱情吗?"

"不准这么说你妈!"卡特先生吼道。这时他突然想到一件事,便狠狠地瞪了女儿一眼:"你已经不得不嫁给那个家伙了,对吗?"

格雷丝气得满脸绯红。

"不对。从来都没有那种事,而且这还不是由于我。他太爱我了,他不想做任何可能后悔的事情。"

在夏日夜晚的乡间,他们常常躺在地上,搂抱着,亲吻着。格雷丝的欲望跟弗雷德的同样强烈。格雷丝清楚弗雷德有多需要她,她也愿意满足弗雷德。然而在难以把持之际,弗雷德会猛然跳起来说:

"起来,咱们走走吧。"

弗雷德会把她拉起来。格雷丝明白他内心的想法,他是想要一直等到结婚。爱情赋予了他细腻的情感,而这是他过去全然不晓的。他自己倒也说不清楚,但就是对她有种奇怪的感觉,觉得要是在婚前就得到她,就会把事情搞砸。她猜到了他的心思,于是愈发爱他了。

"我不明白你中了什么邪。"卡特夫人哀叹道,"你一向是这么乖的孩子,从没让我们操过一天心。"

"住嘴,孩子妈。"卡特先生狂怒地叫道,"我们得把事情说定,一了百了。你得跟那个人断绝关系,明白吗?我得顾及自己的地位。你要是以为我会认一个囚犯做女婿,就还是死了这条心吧。我已经受够了这种胡闹。你得答应我,从此不再跟那个家伙有任何来往。"

"你以为我现在打算抛弃他?我告诉你了,他一出狱我就嫁给他,还要我说多少遍?"

"好吧,那你就从家里滚出去,滚得越快越好。再也别回来!"

"孩子爸!"卡特夫人哭叫起来。

"住嘴!"

"我很愿意走。"格雷丝说。

"嚄,你愿意?那你打算怎么生活?"

"我可以工作,不行吗?我可以在佩恩与珀金斯找个事干。他们会乐于雇用我的。"

"啊,格雷丝,你可不能到商店去工作,你可不能那样自轻自贱。"卡特夫人说。

"你住嘴行不行,孩子妈!"卡特先生叫道,气得灵魂出窍,"工作,你吗?除了在学校瞎胡混,这辈子你就没干过一丁点活。都是你妈的好主意,让你念什么书。往后可太好了,让你一站就得几个钟头,让你点头哈腰朝一帮老东西赔笑脸,他们一门心思处处找碴儿,就是为了显示自己多么高人一等。到了你由于不够机灵利落而挨女经理臭骂时,我肯定你会喜欢这个的。好吧,嫁给那个囚犯吧。我看你也明白自己还得养活他。有了前科,别以为任何人还会雇用他。你滚吧,滚,滚!"

他怒不可遏,以致跌坐到椅子上,气喘吁吁。卡特夫人吓坏了，连忙倒了杯水给他喝。格雷丝溜了出去。

第二天，趁着父亲上班，母亲也出去买东西，格雷丝把能带的东西装进一只手提箱，随即离开了家。佩恩与珀金斯是布里克斯顿路上的一家大型百货商店。凭着靓丽的容貌和得体的举止，格雷丝没费什么事就得以录用。她被安排在女士内衣部。在基督教女青年会住了几天后，她跟同事中的一个姑娘合租了一个房间。

弗雷德入狱当晚，内德·普雷斯顿见到了他。内德发现他痛不欲生，但全是由于格雷丝的缘故。他对自己行窃之事满不在乎。

"为了她我也得做这件正确的事，对吧？她家的人，他们认为我做她的恋人不够格；我要让他们看看，我丝毫都不比他们差。我们俩去西区时，我总不能领她进小酒馆，吃一块三明治、喝半杯苦啤酒吧。要知道，她这辈子都没进过小酒馆，我只能带她进大饭店。人们要是蠢到这个份上，把钱装到信封里，好哇，他们就是在自讨苦吃。"

可是他害怕得很，他拿不准格雷丝是否也会这么看。

"我得知道她打算怎样。她要是现在甩了我——好，那我就彻底完蛋了。明白吗？我就会想办法自杀。我向上帝发誓我会。"

他把自己对格雷丝的恋爱故事原原本本地讲给了内德。

"我要是想的话，早就不止一次地得到过她了。我当时的确想要，而她也一样。这个我清楚。但是我尊重她，明白吗？她不同于别的姑娘。告诉你，她是百里挑一的。"

他滔滔不绝地讲着。他时而暴怒，时而痛哭。从他混乱不堪的叙述中非常清晰地浮现出来的，是热烈的、疯狂的爱。内德应允去见那姑娘。

"告诉她我爱她。告诉她，我那么做，只是想让她事事都极其满意。还要告诉她，没有她我就活不下去了。"

一俟找到时间，内德·普雷斯顿就去了卡特家。只是，当他说想找格雷丝时，开门的女仆告诉他，格雷丝已经不在家里住了。内德就要求见见格雷丝的母亲。

"我去看看她在没在。"

内德交给女仆一张名片，心想，角上印的俱乐部名称，会给卡特夫人以足够印象，使之乐于见他。女仆把他留在门口，然而片刻之后，又来请他进去。他被领进布置呆板、很少使用的客厅。他等了一会儿卡特夫人才进来，指尖捏着他的名片。他猜想，她是由于考虑换什么衣服合适而出来迟了。这身黑色丝绸衣裙显然是在某些场合穿的。内德告诉她自己跟沃姆伍德·斯克鲁布斯监狱的关系，并说自己认识一个叫弗雷德·曼森的人。他刚一提到这个名字，卡特夫人就现出了敌意。

"别跟我提这个人，"她嚷嚷，"一个贼，就是个贼。他可给我们惹了麻烦。他们本应判他五年刑，至少五年。"

"我很遗憾他给你们惹了麻烦。"内德温和地说，"你要是能告诉我一些内情，说不定我会有所帮助。"

内德·普雷斯顿还真是有一手。卡特夫人因他是位绅士而高看他一眼。"他是上等人。"卡特夫人多半这样对自己说。不管怎样,没过多久,她就把事情一五一十地全都讲给内德了。她越讲心越乱,乃至哭了起来。

"现在格雷丝走了,离开了我们。她跑了。我不明白,她怎么会容许自己做出这样的事来。上帝知道,我们是爱她的呀。她就是我们的一切,我们操心费力,所做的每件事都是为了她。她爸撵她走根本不是当真的。就是她太固执了。她爸发火了,他总是一点就着。可是当我们发现她已经出走,他跟我一样揪心。你知道她怎么样、去哪里、做什么了吗?她在佩恩与珀金斯自己找了份工作。那家店总是搞减价促销,卡特先生受不了他们的做法,说那是不合理竞争。而想一想,我们的格雷丝跟一大帮女店员一起干活——哦,这太丢人了!"

内德把这家商店的名称默记下来。对于从卡特夫人这里得到格雷丝的地址,他本来是毫无把握的。

"格雷丝离家以后你见过她吗?"内德问。

"当然见过。我知道,像她这么出众的姑娘,佩恩与珀金斯巴不得雇用呢。我去那家店了,果然没错,她就在那里——在女士内衣部。我在外边等着,直到闭店才跟她说上话。我要她回家。我说她爸愿意让过去的事就过去了。可你猜她怎么说?她说,要是我们从此不再说弗雷德一个'不'字,并且答应等弗雷德一获释就让她嫁给他，她就回家。当然，这我得跟她爸说。我从没见过她爸气成那样，我想他都快气疯了。他说，他宁肯看着她死在跟前，也不会让她嫁给那个蹲监狱的。"

卡特夫人再度泪如泉涌，内德·普雷斯顿则寻机尽快离开了她。他前往这家百货商店，找到女士内衣部，打听格雷丝·卡特。有人指给他，他走了过去。

"我能跟你谈谈吗？我是从弗雷德·曼森那儿来的。"

格雷丝当下变得脸色惨白，一时似乎说不出话来。

"请跟我来。"

她把内德领到一条过道上。这里有股消毒水气味，看来通往厕所。近旁没有其他人。她焦急地看着内德。

"弗雷德让我来转达他的爱。他担心你，他怕你太伤心。他真正想要知道的是，你会不会抛弃他。"

"我？"她的眼中充满泪水，脸上却现出狂喜的神色，"告诉他，只要他爱我，我什么都不在乎。告诉他，需要的话，我会等他二十年。告诉他，我在数着日子，直到他出狱，我们好结婚。"

顾忌着女经理，格雷丝不敢离开工作岗位稍长时间。在这几分钟里，她尽可能把爱的情意都托内德带给弗雷德·曼森。内德直到近六点钟时才到达斯克鲁布斯监狱。囚犯们按规定五点半放下工具，弗雷德也是刚干完活。内德走进牢房时，弗雷德变得脸色苍白，跌坐到铺位上，似乎焦虑之深使他两腿发软而站立不住。

不过听到内德带来的消息,他如释重负,长吁了一口气。他一时说不出话来。

"你刚进来我就知道你见到她了,我闻到了她的气息。"

他抽着鼻子,仿佛鼻孔充满了她身上的气味。他的脸犹如一副表现欲望的面具,本来的面貌突然变得奇异地模糊不清了。

"要知道,那使我觉得很不自在,我只好朝别的地方看。"内德·普雷斯顿讲这事时对我们说,尖声咯咯地笑着,"那完全是赤裸裸的情欲。"

弗雷德是个模范囚犯。他干活卖力,不惹是生非。内德向他推荐一些书,他就从图书馆借,不过读得进去的有限。

"不知道怎么回事,我没法安心读书。"他说,"一翻开书,我就想起格雷丝来。要知道,在她随便吻吻我时,哦,那已经非常甜蜜;而在她真正地吻我时,天哪,那简直妙不可言。"

弗雷德获准每月会见一次格雷丝。然而见面时隔着玻璃,还有看守监视,实在是折磨人。所以见了几次之后,两人商定,格雷丝还是别再来探监了。一年过去了。由于表现良好,弗雷德可望减少刑期,这样半年后他就可以自由了。格雷丝一直精打细算,从薪水中节省每一个便士。现在弗雷德获释的日子临近,她又着手为他准备一个家。她租下一所房子中的两间屋,并以分期付款方式买了家具。一间自然要用作卧室,另一间则作为起居室兼厨房。那里有只老式火炉,她把它拆掉,换上一只煤气炉。她想要让样样东西都精致簇新,洁净舒适。她一心使两间小屋明亮而温馨。为了达到这个目的,她不得不省吃俭用,只维持最低的生存需要,以致变得面黄肌瘦。内德怀疑她没让自己吃饱,所以每次去看她时,都带去一盒巧克力或一块蛋糕,好让她至少有点东西吃。内德给狱中的弗雷德带去消息,告诉他格雷丝在干什么。格雷丝则要内德答应,对她添置的什物样样细加描述。内德为他们传递着多情的,不仅是多情,而且是炽热的信息。内德确信弗雷德将来会走正道,为他在一家公司找了份看门的差事。这家公司在伦敦开有连锁饭店,看门人的薪水可观,叫出租车或取车时还能另有收入。他一出狱就能上班。格雷丝办好了必要手续,两人可以马上结婚。弗雷德一年半的监禁即将告终,格雷丝兴高采烈。

不巧的是,正当此时,内德·普雷斯顿的病又一次周期性发作。他连着三个星期没能去监狱,这让他很烦恼。因为不愿丢下犯人们不管,所以,一旦能够下床,他马上前往斯克鲁布斯监狱。看守长告诉内德,曼森一直在找他。

"我想你最好去看看他。我不知道他怎么了,你上次走后,他一直显得神经兮兮的。"

弗雷德只剩两个星期就该获释了。内德·普雷斯顿走进他的牢房。

"嗨,弗雷德,你好吗?"他问道,"很抱歉一直没能来看你。我病了,也一直没能去看格雷丝。她现在一定激动得浑身发抖。"

"喂,我想让你去见见她。"

弗雷德的态度如此唐突,使内德吃了一惊。他一向只是快活而有礼貌的,这可不像他。

"我是要去的。"

"我想让你告诉她,我不打算跟她结婚了。"

内德感到如此震惊,他一时只知茫然地盯着弗雷德·曼森。

"你这究竟是什么意思?"

"就是我说的这个意思。"

"你现在可不能让她失望。她的家人把她赶出了门。这段时间她一直在操劳,为你准备好一个家。她还领了结婚证,置办了所有的必需品。"

"我不管,我不打算跟她结婚了。"

"可这是为什么?为什么?为什么?"

内德惊得目瞪口呆。弗雷德·曼森沉默了一阵,他的神色阴沉愠怒。

"实话跟你说吧。我有一年半对她日思夜想,而眼下我对她极度厌倦。"

内德·普雷斯顿的故事讲到这个节骨眼时,女主人和几个客人哄然笑了起来。内德显然大为意外。后来,大家闲聊了一会儿,聚会就结束了。我得跟内德往同一方向去,我们就沿着皮卡迪利大街并肩而行,有一阵子谁都没开腔。

"我注意到你没跟别人一起笑。"他突然说。

"我没觉得好笑。"

"这事你是怎么看的?"

"嗯,我能理解他的内心,你知道。想象是个奇怪的东西,它是会枯竭的。我想,他夜以继日、没完没了地思念她,以致耗尽了她所能给予他的全部感情。他甚至能变得极度厌倦,我认为这绝对属实。把柠檬汁榨干之后,他只剩下一件事可做,那就是扔掉柠檬皮。"

"我也没觉得好笑,所以没给他们讲余下的故事。起初我无法接受,以为弗雷德不过是歇斯底里什么的。我连续两三天去找他。我跟他争执。我真是尽了一切努力。我想他哪怕只去见见格雷丝也是好的,可他连这个都不肯做。他说他实在不愿看到格雷丝。我说不动他,最后只好去告诉格雷丝。"

我们默默地走了几步。

"我在那个令人厌恶、气味难闻的过道里会见格雷丝。她马上意识到出了事,脸色一下变得惨白。她不是感情外露的姑娘,脸上带着平和乃至高贵的神色,沉静安宁。我把情况讲给她,她嘴唇微颤,一时无言。随后开口时又很是平心静气,就仿佛——嗯,就仿佛不过是没赶上一趟公共汽车,只好等下一趟似的。就仿佛这是件麻烦事不假,但也无须多说什么。'事到如今,我也只剩下一件事可做,那就是把头伸进煤气炉算了。'她说。"

"她于是一死了之。"

萨尔瓦托雷

我不知道自己能否做到。

初见萨尔瓦托雷时，他还是个十五岁的少年。他的相貌招人喜爱，嘴上带着笑意，眼神无忧无虑。上午，他常常只穿条裤头躺在海滩上，黝黑的身子干瘦修长。他的举手投足落落大方。他成天与大海为伍，出没其中，挥臂击水的动作是渔家孩子常用的那种，不够讲究，然而轻快。除了星期日，他从不穿鞋。他会光着结实的脚板爬上嶙峋的峭壁，然后兴奋地尖叫着，一个猛子扎进深深的海水。他的父亲是渔民，有个自家的小葡萄园。萨尔瓦托雷充当了保姆的角色，照料两个小弟弟。他们在海里游得远了，不够安全时，他就把他们喊回来。到了中午，他就让他们穿上衣服，爬上闷热的、长满葡萄的小山，去吃简单的午饭。

只是光阴荏苒，在南部这些地方，男孩子成熟极快。转瞬之间,萨尔瓦托雷已经恋爱了。他疯狂地爱上了大马里纳[1]的一位美丽姑娘。她的眼睛宛如森林中的池水,她的做派就像恺撒大帝的女儿。他们订下终身,可是得等萨尔瓦托雷服过兵役才能成婚。当萨尔瓦托雷告别从未离开过的海岛,去维克托·伊曼纽尔国王[2]的海军当水手时,他哭得像个孩子。原本自由自在得跟鸟儿一样的人,落得唯命是从,只觉苦不堪言;住惯了葡萄丛中的白色村舍,换成在战舰上跟生人共处,更是难上加难。上岸的时候,走在市声嘈杂、举目无亲的城镇里,街道上如此拥挤,他简直畏惧穿行于人群中,因为他见惯了静谧的小径、群山和大海。我设想,每当傍晚时分,萨尔瓦托雷眺望伊斯基亚岛[3](它在夕阳下宛如仙境),以推测次日的天气时,他从未被美景打动;或者,面对晨光中珍珠般的维苏威火山,他也完全不觉得它跟自己有什么关系。然而,眼前一旦不见这些风光,他又会模糊地认识到,它们是自己的一部分,就像手足一般。萨尔瓦托雷苦苦地思念着家乡。然而,最难熬的还是离开了那个姑娘,他以年轻的心热烈地毫无保留地爱着她。他给她写一封封长长的信,笔迹稚拙,错字连篇,倾诉自己如何总是想她,如何渴望回家。军舰奉命四处航行,到

---

[1] 位于意大利南部。

[2] 意大利统一后的第一个国王,1861年至1878年在位,在意大利有"祖国之父"之称。

[3] 位于意大利南部。

斯佩齐亚,到威尼斯,到班,最后到了中国。在那里,他患上了一种奇怪的病症,被迫住了好几个月医院。他以非比寻常的耐心默默地忍受着。得知自己患的是一种风湿病,从而不再适合服役的时候,他却心中大喜,因为终于可以回家了。医生对他说,他的身体永远无法完全恢复,他也没往心里去,实际上就没怎么听。即将返回如此热爱的小岛,见到等待着自己的姑娘,在这种时候,他还在乎什么呢?

萨尔瓦托雷终于乘轮船由那不勒斯归来,坐进摆渡的划艇登岸。他望见码头上的父亲和母亲,还有两个现已长大的弟弟。萨尔瓦托雷向他们挥手。他的目光扫视着等在那里的人群,搜寻那个姑娘,却没看到。他三脚两步跨过台阶上了岸时,人们纷纷亲吻他。大家互相问候,心情都很激动,个个热泪盈眶。萨尔瓦托雷问姑娘在哪里。母亲说,她也不清楚,家里人有两三个星期没见到姑娘了。待到晚上,月光在平静的海面闪耀,远处那不勒斯的灯火明灭之时,萨尔瓦托雷前往大马里纳,走进姑娘的家。她正和母亲坐在门口的台阶上。这么长时间没见,萨尔瓦托雷有些害羞。他问姑娘,是不是没有收到信,不知道他即将到家。不,信送到了姑娘家里,但岛上别的小伙子告诉他们,他得了病。没错,这就是他得以回来的原因,这不是运气吗?唉,可是他们听说他的身体永远无法完全恢复。医生说了一大堆废话,但是他非常清楚,如今重回家中,自己就会康复。母女俩沉默片刻,母亲用胳膊肘碰了碰女儿。姑娘不想拐弯抹角，她快言快语，直截了当地对他说，一个永远不会强壮得跟正常人一样劳动的男人，她是不能嫁的。她全家人都认定了这一点，她母亲和父亲还有她，不必说，她父亲是决不会答应的。

回家以后，萨尔瓦托雷发现家人全都了解了事态。此前，姑娘的父亲已经把自己家的决定告诉了他们，可是他们没有勇气亲口告诉他。萨尔瓦托雷在母亲的怀中潸然泪下。他极其痛心，却没有责怪姑娘。捕鱼生涯是艰苦的，需要强健和坚忍。他非常明白，一个也许无力供养妻子的男人，姑娘是嫁不起的。他的微笑含着深深的悲伤，他的眼神跟狗挨了打一样，可是他没有抱怨，也没说过姑娘半句重话，他是如此钟爱她呀。他在父亲的葡萄园里干活，到海上去打鱼，在周而复始的平常日子中安顿了下来。这时，几个月后，母亲对他说，村里有个年轻女人有意嫁给他。这个女人叫阿孙塔。

"她长得像个丑八怪。"他说。

她比他大，二十四五岁，订过婚，可未婚夫于服役期间在非洲阵亡了。她有一小笔私房钱，要是萨尔瓦托雷娶她，她能够为他买一条属于他自己的船。赶上好运气的话，他们还能置办下一个不带佃户的葡萄园。母亲说，阿孙塔在村里的宗教节日活动中见过他，并且看上了他。萨尔瓦托雷现出了他那动人的微笑，说自己会考虑一下。到了星期日，他换上一身板板正正的黑衣服，看上去远不如平日里衣衫褴褛的来得自然。他到教区教堂参加大弥撒。他找了个方便的位置，以便仔细端详一下年轻女人。回到家中，他告诉母亲，自己愿意。

于是，他们成了婚。他们的家是一所刷成白色的小房子，处于一个茂密的葡萄园中。现在的萨尔瓦托雷长成了堂堂的伟丈夫，高大魁梧，然而依然保留着年少时天真的憨笑和信赖人的温和的眼神。他的举止之优雅是我此生所仅见的。阿孙塔面容冷峻刚毅，显得比实际年龄大，但她心地非常好，脑筋也不笨。丈夫摆出大男子汉和一家之主的派头时，她就报以挚爱的莞尔一笑，这往往使我觉得很是有趣。她无时无刻不陶醉于他的脉脉温情之中。但她无法忍受那个将他甩了的姑娘。尽管萨尔瓦托雷带着笑一再规劝，她对那姑娘也没有一句好话。很快，他们就有了孩子。

日子是过得够辛苦的。整个鱼汛期间，一到傍晚，萨尔瓦托雷就和一个弟弟驾船出海，前往渔场，一气要划上六七英里之远。他通宵捕捞卖得出价的乌贼，随后又得划同样远的距离返回，以便及时把打到的鱼卖出，赶上去那不勒斯的早行船装运。其他时候，他一清早就进葡萄园干活，直到时近中午被酷热逼出园子，休息一阵，多少凉快些再进去，一直干到黄昏。风湿病经常发作，使他什么都干不了，这时他只好躺到海滩上抽烟，尽管四肢疼痛，跟每个人说话都还是快快乐乐的。来洗海水浴的外国人看到他就说，这些意大利渔民真是些懒虫。

有的时候，他把孩子带来，给他们洗海水浴。他们都是男孩，这时大的三岁，小的不到两岁。他们光溜溜地张开四肢躺在水边，站在礁石上的萨尔瓦托雷则会托起他们往水里浸。大的秉持坚忍态度还挺得住，小的可就是吱哇乱叫了。萨尔瓦托雷的双手又大又厚，由于长期劳作而变得粗糙坚硬，然而在给孩子洗澡时，他是那样温柔地抱着他们，小心地擦干他们，按我的说法就是待他们如花朵一般。萨尔瓦托雷会把光溜溜的小家伙放在巴掌上，擎住了举起来，因孩子的娇小而漾起微笑，笑容宛如天使一般。这时，他的眼睛跟他孩子的同样率真。

　　我一开始就说，不知自己能否做到。现在我得告诉你，我一心要做的是什么了。我想知道，能不能以几页的篇幅吸引你的注意，为你描绘一幅人物肖像，只是一个普通的渔民，他在这个世界上一无所有，除了一种品质，人人皆可具有的最难得、最宝贵、最美好的品质。这是如此地不可思议，出人意想，只有天知道他怎么会拥有它。我所知的不过是，这种品质在他身上光芒四射，要不是意识不到，又如此低调，它会仅存于勉强承受得起的人们之中。为了免得你说不上这品质是什么，让我来告诉你吧。善良，就是善良。

洗衣盆

波西塔诺所处的山地坡度很大，白色的房屋远近高低，拥挤错落，瓦顶被百年的阳光洗得褪了色。不过跟意大利很多这种城镇不同——它们都安然坐落于岩石高地上——当你怡然抬眼望去，波西塔诺展现的面貌别具一格。古朴的街道曲折蜿蜒，沿山而上。历经风雨、油漆外墙的房屋属于巴洛克风格，不过式样非常晚近，那不勒斯贵族们一度居住其中，消磨了落魄的奢华。这里如画的风景，的确几可称为超乎想象。在冬季，两三家平价旅馆挤满了男男女女的画家，他们以每日的辛劳，通过不同的手法，表达心中激荡的情感。有的废寝忘食不遗余力，把仔细分辨出的每扇窗户和每块瓦片都描绘到画布上，无疑以诚实苦干换来了志得意满。"至少没走样"，他们在给你看自己的大作时谦虚地说。有的大刀阔斧恣意挥洒，在相当程度的疯狂状态下，挥动蘸满颜料的画刀攻击画布，声称："你看，我在力图展示的是我的个性。"

他们眯缝着眼睛，底气不足地喃喃道："我认为这相当是我的风格，你觉得呢？"还有的给你看其笔下一些球体和立方体高度悦目的组合，低声阐明："这就是我眼中的波西塔诺！"他们大都是些极其沉默的人，一句话都不多说。

然而，波西塔诺看起来南方意味十足，在夏季它多半会由你独享。旅馆清洁而凉爽，有个露台，上悬藤蔓，入夜你可以坐在那里，遥望装点着微弱星光的大海。在山下的海滨饭店，码头上，有个小酒馆，你可以在拱顶下吃鳀鱼和火腿，还有通心粉和新捕到的鲻鱼，喝凉葡萄酒。从那不勒斯来的轮船每天一班，送来邮件，并带给海滩一刻钟的活跃（这里没有港口，乘客由小船送上岸）。

有一年八月，我在卡普里待够了，决定到波西塔诺住几天，就租了一条渔船划过去。途中在一个阴凉的小海湾冲凉、吃饭和午睡，直到晚上才抵达。我漫步上山，雇的两个结实的女人跟着我，头上顶着我的两只行囊。到了旅馆，我意外得知，自己不是唯一的客人。侍者名叫朱塞佩，是我的老熟人，在这个季节兼任擦鞋员、门童、清洁工和厨子。他告诉我，有位美国先生已经在店里住了三个月。

"他是个画家、作家还是什么人？"我问。

"不，先生，他是个绅士。"

奇怪，我想。在每年的这个时候，没有外国人来波西塔诺，除了德国徒步旅行者，他们热得冒汗，风尘仆仆，背着背包，只停留一夜。我无法想象任何人愿意在这里待上三个月，当然除非他是在躲藏。当年早些时候，伦敦有个大名鼎鼎然而缺乏诚信的金融家出逃，弄得全城都议论纷纷。所以，这时我冒出一个有趣的想法：这个神秘的陌生人说不定就是他。我多少认识他，但愿我的突然到来不至于将他惊动到。

"你会在海滨饭店看到那位先生。"朱塞佩在我掉头下山去时说，"他总是在那儿吃晚饭。"

我到饭店时他显然没在。我问有什么吃的，先要了杯美国酒喝，的确算得上是鸡尾酒不坏的替代品。然而，几分钟后，一个男人走了进来。他只能是和我住同一旅馆的客人。我见他并非潜逃的金融家，一时不免失望。他身材颀长，已过中年，在地中海地区度过夏天后皮肤呈古铜色，有一张英俊的窄脸。穿着一身非常整洁，甚至可称漂亮的奶油色绸衣，没戴帽子。灰白的头发剪得很短，然而浓密依旧。举止自在随意，透出优雅。他环顾拱顶下的五六张桌子，当地的土著在那里玩纸牌或多米诺骨牌。他的目光落到我身上，双眼愉快地漾出微笑。他走了过来。

"我听说你刚到旅馆。朱塞佩说，由于他不能下山来帮助我们结识，你不会介意让我来介绍自己。你会讨厌和完全陌生的人一起吃饭吗？"

"当然不，请坐。"

他转向正在为我铺桌布的女招待,用漂亮的意大利语对她说,我将和他同桌用餐。他看了看我的美国酒。

"我让他们给我存了一点杜松子酒和法国味美思。可以允许我为你调一杯地道的干马提尼吗?"

"很想品尝。"

"这里的环境富于地方色彩,而马提尼会带来一种异国情调。"

他果然调出了一杯味道极佳的鸡尾酒。我们胃口大开,以火腿和鳀鱼开始了晚餐。我的东道主具有可喜的幽默感,流利的谈吐也令人惬意。

"我要是话太多了,就请你务必谅解。"他说,"三个月来,这还是我第一次有机会说英语。我想你不会在这里待很久,所以我打算充分利用它。"

"在波西塔诺一连待三个月,时间可是够长的。"

"我租了一条船,我游泳和钓鱼。我大量地阅读。我在这里有很多的书,要是有任何书可以借给你,我会非常高兴。"

"我想随身带的已经够了,不过我会非常乐于看看你有什么。观看别人的藏书总是很有意思的。"

他敏捷地看了我一眼,目光灼灼。

"这也使你对它们有了更多的了解。"他喃喃道。

饭后我们继续交谈。陌生人饱学博览,感兴趣的话题十分广泛。他的谈话涉及绘画知识之多,使我想到他是否身为美术评论家或艺术品经销商。不过，随后的谈话表明他读过苏埃托尼乌斯[1]的著作，我又认定他是位大学教授。我请教先生贵姓。

"巴尔纳比。"他答道。

"这个姓氏近来可是轰动遐迩。"

"哦，此话怎讲？"

"你就没听说过著名的巴尔纳比夫人？她可是你的美国同胞。"

"我得说在报纸上见过她的名字，而非近日经常耳闻。你认识她？"

"是的，还很熟呢。在最近的社交季节里，她一直在开场面壮观的派对，只要接到邀请我就会去。人人如此。她真是令人惊叹。她趁这个季节到伦敦展开社交，而且，的确，她成功了，简直是横扫一切。"

"我理解为她很有钱对吗？"

"钱有的是，我相信，但她不是靠这个出名的。很多美国女人都广有钱财，巴尔纳比夫人声望达到如今这个地步，凭的纯粹是个性的力量。她从不装腔作势，只知恪守本色。她是自然天成的，她是无价之宝。你当然清楚她的来历吧？"

我的朋友微微一笑。

---

[1] 古罗马传记作家、文物收藏家。

"巴尔纳比夫人在伦敦可能名噪一时,但我深信,她在美国几乎不可思议地无人知晓。"

我也不觉莞尔,但仅限于我。我想象得出,令人惊异的巴尔纳比夫人的欢快幽默,坦荡率真,及其泥土气息,还有丰富生动的经历,会使这位身份高贵、富于教养的人物感到何等震撼。

"那好,我来给你说说她的事情吧。她的丈夫看来是块完全未经雕琢的宝石。她说,他是个彪形大汉,能赤手空拳制服公牛。在亚利桑那,他号称一弹迈克。"

"我的天!为什么?"

"是这样的,许多年前,早先的时候,他只用一颗子弹就打死了两个对手。她说,即便如今,他使起枪来,比落基山以西的任何人都更加得心应手。他是个矿工,但他当过牛仔,走私贩运过军火,还干过他那个时代的天知道什么行当。"

"彻头彻尾的西部类型。"我的教授说,略显不悦,我觉得。

"有些亡命徒的意味吧,我认为。巴尔纳比夫人讲的关于他的故事才是真正的传奇。当然大家都在恳求她让他过来,但她说,他永远不会离开那广袤无垠的天地。一两年前他着手开采石油,现在他已经富甲天下。他必定是个了不起的人物。我听说,她在谈起他们一起勤俭度日的往事时,使围坐在餐桌旁的所有人听得如醉如痴。当你看到这个灰白头发的女人,全非俏丽,却装扮精致,戴着最奇异的珍珠,听她讲述自己怎么给矿工洗衣服,为营地做饭,你会非常兴奋。你心目中的美国妇女具有真正惊人的适应性。当你目睹巴尔纳比夫人坐在餐桌那一端,如鱼得水地应对英伦皇族、外国使节、内阁大臣,以及这个公爵那个公爵,显得那么不可思议,因为仅仅几年前,她还在为七十个矿工做饭。"

"她能阅读或书写吗?"

"我想她的请柬是由秘书代写的,但她绝对不是无知的女人。她告诉我,她一向重视的事情,是每天晚上,在营地里的工友们上床后,自己看一个小时的书。"

"了不起!"

"另一方面,一弹迈克在突然发现自己必须签署支票时,才学会写自己的名字。"

我们走上山,前往旅馆。分别就寝之前,安排好了第二天带上午饭,划船到我的朋友先前发现的一个小海湾去。我们度过了快乐的一天,游泳,看书,吃饭,睡觉,聊天,晚上还一起吃了饭。次日晨,露台上的早餐后,我提醒巴尔纳比,他答应过给我看他的藏书。

"马上来吧。"

我跟他走进其卧室。朱塞佩,那个侍者,正在整理他的床铺。我首先注意到的,是著名的巴尔纳比夫人的一张照片,镶在华丽的相框里。我的朋友也看见了它,顿时气得脸色发白。

"你这个傻瓜,朱塞佩。你怎么把这张照片从衣柜里拿出来了？我把它收起来，而你到底是怎么想的？"

"我不清楚哇，先生。这正是我把它放回桌上的原因。我以为先生喜欢看到自己夫人的相片。"

我大吃一惊。

"我认识的巴尔纳比夫人是你的妻子？"我叫道。

"她是。"

"我的天，你是一弹迈克？"

"我看起来是吗？"

我笑了起来。

"我当然会说你不是。"

我瞥了一眼他的手。他冷冷一笑，伸出双手。

"不，先生。我从来没有赤手空拳制服过公牛。"

我们互相干瞪眼，一时说不出话来。

"她永远不会原谅我。"他叹道，"她想要我用个假姓氏，我不愿意她就跟我大吵大闹。她说这不保险。我说在波西塔诺藏身三个月已经足够糟糕，再隐姓埋名就忍无可忍了。"他迟疑了一下，"我恳请你帮帮忙。我只能信任你的慷慨了，别泄露秘密，微乎其微的机会才让你发现了。"

"我会像坟墓一样缄口不言。不过说老实话我不明白，这一切是怎么回事？"

"我的职业是医生。过去三十年，我和妻子住在宾夕法尼亚。

不知道是否让你觉得我是个粗人,不过我不妨说,巴尔纳比夫人属于我所知最有教养的女人。后来她的一个表姐去世,留给她一大笔财产。

"这个没有疑问。我妻子非常、非常富有。她总是看大量的英国小说,她渴望占据伦敦一个社交季节,大开派对,实行在书上读到的所有盛事。钱是她的,并且虽然前景并不特别吸引我,我还是非常高兴她能满足愿望。我们去年四月登上海轮。年轻的赫里福德公爵夫妇恰好同船。"

"我知道。就是他们最初推出的巴尔纳比夫人。他们为她而疯狂,他们像广告团队一样宣传她。"

"我是带病登船的,由于生痈而待在特等舱室里足不出户,撇下巴尔纳比夫人自己照顾自己。她在甲板上的帆布折椅凑巧挨着公爵夫人的,她由偶然听到的一句话想到,在我们的社会精英中,英国贵族并不像人们所设想的那样自我封闭。我妻子是个机灵的小女人,她对我说,就算你有个祖先签署了《大宪章》,你给人的印象,也许都比不上有个熟人的爷爷是卖臭鼬的和另一个熟人的爷爷是摆渡的。我妻子具备非常强的幽默感。她跟公爵夫人聊起来,讲了个西部小段子,并且为了增加趣味,讲得犹如亲身经历,成效立竿见影。公爵夫人恳求再讲一个,我妻子就又夸张了一点。二十四小时之后,她已经将公爵和公爵夫人操纵于股掌之上了。得空的时候,她常下到我的舱室来,讲述她的进展。我的头脑简单,听得乐不可支;反正无事可做,我就从船上的图书室借了些布雷特·哈特[1]的作品,这使她的段子大大添彩。"

我猛拍了一下脑门。

"怪不得我们说她比得上布雷特·哈特。"我叫道。

"我有大量的时间想象,在航行结束时我突然现身,我们说出真相,我妻子的朋友们会如何惊愕。只是我的设想忽略了我妻子。到达南安普敦前一天,巴尔纳比夫人告诉我,赫里福德夫妇在为她安排派对。公爵夫人急于把她介绍给各种各样的显赫人物。这是个千载难逢的机会,但是显然我可能毁掉一切。她承认,自己为情势所迫,已经把我描绘得面目全非。我不知道她已经把我变成了一弹迈克,但我精明地猜到她忘却提及我也在船上。好,长话短说,她要求我去巴黎待一两个星期,直到她在伦敦站稳脚跟。这个我不介意。我宁愿在索邦做点研究,而非参加梅费尔的派对。于是我让她继续前往南安普敦,我则在瑟堡中途下车。然而我在巴黎待到十天时,她飞过来看我。她对我说,她的成功已经超越了自己最疯狂的梦想:比任何小说的情节都精彩十倍。只是我的现身会彻底毁了它。很好,我说,我会留在巴黎。她不喜欢这个想法。她说,只要我是如此接近,很可能遇到熟人,她就永远不会得到片刻的安宁。我提出去维也纳或罗马。这样的建议

---

[1] 布雷特·哈特(1836—1902):美国作家,乡土派小说创始人之一,《咆哮营的幸运儿》等短篇小说为中国读者所熟悉。

也不能让她放心。最后我就来了这里，在这里跟个贼似的一连躲了漫长的三个月。"

"你是说自己根本不曾手执双枪，左右齐发，杀过两个赌徒？"

"先生，我这辈子都没放过枪。"

"那么墨西哥匪徒攻打你们的木屋又是怎么回事？当时你妻子给你的枪装填弹药，而你固守了三天之久，直到联邦军队赶来解围。"

巴尔纳比先生冷冷一笑。

"我从没听说这件事，这不是顺嘴胡诌吗？"

"胡诌！它的惊心动魄不次于任何西部片。"

"要是让我来猜，那十之八九就出自我妻子荒唐的念头。"

"还有洗衣盆呢。给矿工们洗衣服，以及其他等等。你不知道她是怎么以那个故事震撼了我们。哇，她简直是坐在洗衣盆里划进了伦敦上流社会。"

我笑了起来。

"她使我们全都成了最快活的傻瓜。"我说。

"你得注意到，她使我成了个非同一般的傻瓜。"巴尔纳比先生指出。

"她简直妙不可言，你理当为她感到骄傲。我总是说她是无价之宝。她使每个英国人心中涌动的浪漫激情具体化，她给予了我们求之不得的东西。我无论如何都不会背叛她。"

"这对你们固然非常之好,先生。伦敦可能得到了一个绝妙的东道主,但我开始觉得自己失去了一个完美的妻子。"

"一弹迈克仅有的存身之处是广袤无垠的西部。亲爱的巴尔纳比先生,你现在只有一条路可走。你必须继续隐身蛰居。"

"非常感激你的指点。"

我觉得他答话时满腹辛酸。

梅布尔

在缅甸,我从蒲甘乘汽船前往曼德勒。还有两三天抵达时,船在河畔的一个乡村小镇旁停泊过夜。我决定上岸散散心。船长告诉我,镇上有个小夜总会,办得挺不错,足以让我感到宾至如归。那里常年接待像汽船乘客这样的过路人,干事是个非常称职的家伙。我甚至可能找到人打打桥牌。反正闲来无事,我就在码头边坐上一辆等候乘客的牛车,直奔夜总会。夜总会的游廊上坐着一个男子,在我走近时向我点头打招呼,问我打算喝什么,说这里有威士忌、汽水、杜松子酒和苦啤酒。他想都没想,我可能什么都不打算喝。我叫了一大杯啤酒坐下来。这人身材修长,肤色黝黑,髭须浓密,身穿卡其布短裤和衬衫。我没问他的名字,不过我们刚聊了几句,就又过来一个人,自我介绍说是这里的干事。干事称那人为乔治。

"你接到妻子的信了吧?"干事问乔治。

那人的眼睛亮了起来。

"接到了，一下子好几封。她过得高兴着呢。"

"她没劝你别心烦？"

乔治轻声笑了笑，然而不知是否错觉，我怎么听出其中不无离愁别绪？

"她是说了。可是说来容易做来难。当然我明白她想放个假，她如愿以偿我也高兴，只是剩下我一个实在难熬。"他转向我说，"要知道，这是我头一次跟妻子分开，没有她我简直成了丧家犬。"

"你结婚多久了？"

"五分钟。"

夜总会干事笑了。

"别说傻话了，乔治，你结婚都八年了。"

我们聊了几句，乔治看看手表，说他得去换衣服准备吃晚饭，就离开了。干事看着他消失在夜幕中，微笑中不无嘲谑而并无恶意。

"现在他独自在家，我们都尽量邀他出来。"干事告诉我，"自从妻子回国去探亲，他就一直这么失魂落魄的。"

"要是知道丈夫对自己如此这般一心一意，他妻子一定非常高兴。"

"梅布尔可是个非凡的女人。"

他招呼侍者，吩咐再上些酒。在这个好客的地方，人们不问你想不想喝，认为这不是问题。随后，干事在他的长椅上落座，点着了雪茄烟。他给我讲起乔治和梅布尔的故事来。

他们是在乔治回国休假时订的婚。乔治回缅甸时，说好半年之内她就来跟他会合，不料困难接二连三地出现。梅布尔的父亲去世，战争爆发，乔治被派到不适合白种女人待的地区。结果是，到梅布尔终于得以动身时，已经是七年以后了。乔治为结婚做好了一切准备，只等梅布尔一到就办婚事，并到仰光去接她。在轮船即将抵达的那天早上，他借了一辆汽车前往码头。他在码头上踱着步。

就在此时，突然之间，并无先兆，乔治失去了勇气。他没见梅布尔已有七年。他连她的模样都记不得了，她成了个完全的陌生人。他觉得心可怕地下沉，膝盖也打起颤来。他坚持不下去了。他必须告诉梅布尔，实在是对不起，可是不能，他真的不能娶她。只是，一个男子汉，怎么能对一个跟自己订婚已经七年，又远涉重洋六千英里来嫁给自己的姑娘说这种话呢？他同样没有勇气这么干。乔治彻底地绝望了。码头上有艘船，马上就起航去新加坡。他给梅布尔留下封草草的信，随即一件行李都没带，连换洗衣服都顾不到，就跳上了船。

梅布尔接到的信大致是这样的：

最亲爱的梅布尔：

我突然被派往外地出差,也不知道什么时候才会回来。我认为,你返回英国的话会明智得多。我的打算非常不定。你亲爱的乔治。

然而,乔治抵达新加坡时,发现一封电报在等着他:

非常理解。放心。爱。梅布尔。

惊骇使乔治变得敏感。
"天哪,我认为她在跟踪我。"他说。
经由与仰光航运事务所的电报联系,足以确定,梅布尔的名字登记在一艘船的乘客名单上,此时船正在驶来新加坡。时间紧迫,刻不容缓。乔治跳上开往曼谷的火车。可他还是心神不宁。梅布尔会轻而易举地发现他来了曼谷,她同样可以坐火车跟来。幸好有艘法国船第二天要开往西贡,乔治便上了这艘船。到西贡就会平安了,梅布尔绝对想不到他去西贡。就算知道了,此刻她也必定心领神会。从曼谷到西贡要花五天时间,而且船上又脏又挤,搭乘相当受罪。乔治很高兴到了西贡,坐上人力车直奔旅馆。他刚在旅客登记簿上签下名,一封电报就递到了他手上。上面只是写着:"爱。梅布尔。"寥寥数字,已足以使乔治冒出冷汗。
"去香港的下一班船是什么时候?"他问。

现在,乔治的逃窜变得惊心动魄了。他乘船到了香港,可是不敢停留。他前往马尼拉。马尼拉的兆头不祥。他前往上海。上海令人提心吊胆。每当走出旅馆,他都唯恐撞进梅布尔的怀抱。不,上海绝非久留之地。唯一的出路是去横滨。岂料在横滨大饭店,一封电报正等着他。

真遗憾在马尼拉错过了你。爱。梅布尔。

乔治火烧眉毛,急忙查看班轮时刻表。她现在到哪里了?他掉头便回上海。这次他直接去了俱乐部,索要电报。人家把电报递给他。

马上就到。爱。梅布尔。

不,不,乔治绝非如此轻易束手就擒之人。他已经打算好了。长江是条漫长的河流,正在进入当年的枯水期。他刚好赶得上最后一班船,可以逆流而上,前往重庆。再想去的话就只能等到第二年春天了,除非是乘帆船。而对一个孤身女人来说,搭乘帆船是不可想象的。乔治到了汉口,从汉口又到了宜昌。他数次换船,穿过激流险滩,从宜昌到了重庆。不过这会儿他的水路走到了头,他不再冒行船之险了。有个地方叫作成都,是四川的首府,离重庆四百英里之遥。到那里只能走公路，途中有土匪出没。成都应当是平安的了。

乔治雇了几个轿夫和苦力便上了路。终于望见那座中国孤城的城墙雉堞时，他方才松了口气。夕阳西下之际，在成都的城墙上眺望，可以看得见西藏连绵的雪峰。

乔治总算能够歇下脚了，梅布尔绝对不会在那里找到他。英国驻成都的领事恰好是乔治的朋友，于是乔治做客于其府上。乔治品味着豪华官邸的舒适，体会着跨越亚洲的亡命奔逃后的放松，尤其享受这份上天赐予的平安。时间一个星期又一个星期地悠然流逝。

一天上午，在官邸的院子里，乔治和领事正在欣赏几件古玩，是一位中国人带来给他们开眼的，只听领事馆的大门被拍得嘭嘭山响。门房把门敞开，但见一架滑竿，由四名苦力抬着，进得门来，落到院中。下来的是梅布尔。她衣着整洁，面容冷艳，精神抖擞，外表丝毫显不出她是历经半个月的跋涉后方才赶到的。乔治目瞪口呆，他脸色苍白。梅布尔款步上前。

"你好哇，乔治。我真怕又没追上你。"

"你好，梅布尔。"乔治结结巴巴地答道。

他语无伦次，踌躇不决。她站在他跟门口之间，打量着他，一双碧眼满含笑意。

"你一点都没变。"她说，"男人在七年里是可以模样大变的，我还怕你发福谢顶了呢,我一直揪心得要命。都这么多年了,假如我还是不能把自己嫁给你,那就太可怕了。"

她转向乔治的东道主。

"你是领事?"她问。

"是。"

"太好了,我冲个凉之后就可以嫁给他。"

于是,她就这么做了。

九月公主

先前，暹罗国王有两个女儿，他管她们叫白天和黑天。后来又得了两个女儿，他就把头两个的名字改了，以一年四季来称呼她们四个：春天、夏天、秋天和冬天。只是一年年过去，他又添了三个女儿。他就又给女儿改名字，用一周七天来称呼她们。可是，到第八个女儿出生的时候，他就一时不知如何是好了，直到猛然想起一年十二月。王后说，月份也只有十二个，而且不得不记住这么多新名字，都把她弄糊涂了。但是，国王是个做事有板有眼的人，一旦拿定主意，就是雷打不动。他把女儿的名字都改了，管她们叫一月、二月、三月（当然是用暹罗语）……直到最小的一个，叫八月，再接下来的一个就称作九月。

"这下子只剩十月、十一月和十二月了。"王后说，"这三个用完了，咱们还得推倒重来。"

"不会，咱们不会。"国王说，"因为我觉得，十二个女儿对谁都足够了。等亲爱的小十二月诞生后,就是再不情愿,我也得把你的头砍掉。"

说到这里,国王难过地哭起来,因为他极为宠爱王后。当然了,这话也使王后很是不安。因为她知道,要是不得不将她斩首的话,国王会非常伤心的,而且她也不会太好受。不过,事态的发展使两人都无须发愁了,因为九月就是他们最小的女儿。在她之后,王后生的都是儿子。他们是以字母表上的字母为名的。所以有很长时间,国王和王后不用操心劳神了,因为王后只是生到了字母J。

名字总是不得不这么改来改去,暹罗国王的女儿们性格也受到了影响。由于改的次数比别人多,几个大女儿更是满怀怨怼。唯有小女儿,她只知道自己叫九月,而不知道被叫成别的会怎么样(当然被姐姐们叫的不算,她们拿她撒气,胡乱用各种名称叫她),所以天性非常开朗,十分可爱。

暹罗国王有个习惯,我认为欧洲各国不妨效法而得益。他过生日时不是接受礼物,而是送出礼物。看来他喜欢这个习惯,因为他常常说,很遗憾自己只是生在一天里,所以每年只能过一个生日。不过即便如此,积以时日,他还是把自己的全部结婚礼物、暹罗各个市镇长官孝敬的贡品,乃至他自己的一些样式过时的王冠,通通送了出去。这一年诞辰又到,手头再无别的东西可送,他就赏给每个女儿一只漂亮的绿鹦鹉,装在漂亮的金鸟笼里。一共九只鹦鹉,每个笼子上都按其所属,写着代表公主名字的月份。九位公主都为自己的鹦鹉颇为自豪。她们每天都要花上一个钟头(跟父王一样,她们做起事来也是有板有眼)训练鹦鹉说话。不久,所有的鹦鹉都会说"上天保佑国王"了(用的是暹罗语,很难学的)。有几只还会用至少七种东方语言说"漂亮的鹦哥儿"。不过有一天,九月公主早上去看鹦鹉时,发现它躺在金鸟笼里死了。于是,她就哭了起来。宫女们怎么劝都劝不住。她哭得那么厉害,宫女们都不知道如何是好,便去禀报王后。王后说真是胡闹,干脆让小公主别吃晚饭去睡觉吧。宫女们一心想着参加晚会,就尽快安顿九月公主就寝,丢下她不管了。九月公主躺在床上,尽管感到很饿,还是哭个不停。正当此时,她看见一只小鸟跳进房间,就从嘴里抽出拇指,坐了起来。小鸟唱起歌来。这是一首美妙的歌,通篇唱的是御花园里的湖,以平静的湖面当镜子自我欣赏的垂柳,还有在水中的柳条倒影间嬉戏的金鱼。小鸟唱完时,公主不再哭了,连没吃晚饭都忘到了脑后。

"这支歌可真好听啊。"她说。

小鸟对她鞠了个躬,因为艺术家都天生讲究礼貌,喜欢被欣赏。

"你愿意我留下来代替你的鹦鹉吗?"小鸟说,"我的确没有鹦鹉好看,不过另一方面,我的嗓子可要好得多。"

九月公主高兴得拍起手来。小鸟就跳上床的另一端唱起来,用歌声把她送入了梦乡。

第二天公主醒来时，小鸟依然待在那里。她睁开眼睛，小鸟就说早上好。宫女给公主端来早饭，小鸟从公主的手心里啄饭粒吃，在她的茶托里洗澡，还喝茶托里的水。宫女们说，她们觉得，喝洗澡水可不太有教养。可是，九月公主说这叫艺术范儿。小鸟吃过早饭，就又唱起歌来。它唱得如此动听，使宫女们大为惊奇，因为她们从来都没听过这样的歌声。九月公主极其得意，快乐非凡。

"现在，我想让我的八个姐姐见识见识你。"公主说。

她伸出右手食指当栖木，小鸟就飞落到指头上。于是，九月公主由宫女们跟随着，穿行于皇宫中，逐个去找姐姐。九月很注意礼节，从一月开始，一直到八月，小鸟给每位公主都唱上一支不同的歌。而鹦鹉们只会说"上天保佑国王"和"漂亮的鹦哥儿"。最后，她带着小鸟去见国王和王后，他们又惊又喜。

"我就知道让你饿着肚子去睡觉是对的。"王后说。

"这只鸟唱得比鹦鹉好听多啦。"国王说。

"你早就听够了人们说'上天保佑国王'，我本应想到这一点的。"王后说，"我想不出，那些姑娘为什么也要教她们的鹦鹉说这个。"

"这份感情还是可嘉的，"国王说，"听多少遍我都不介意。不过，那些鸟说'漂亮的鹦哥儿'，我倒是真的听腻了。"

"它们可是用七种不同的语言说的。"公主们强调。

"这个不假,"国王说,"可是这让我想起朝中太多的大臣。他们就是用七种不同的方式说同一件事,而事情本身,不管他们用哪种方式说,纯属一派胡言。"

如我前面所言,公主们生来就满腹怨怼。闻听父王这样说,她们愈发烦恼。鹦鹉们也显得蔫头蔫脑的,实在沮丧得很。只有九月公主,跑遍皇宫的所有房间,像只百灵一样唱着歌。小鸟则围着她上下翻飞,像只夜莺一样唱着歌,而它的确就是一只夜莺。

日子这样过了几天之后,八个公主聚到一起商量出了对策。她们去找九月,围着她坐成一圈,脚压在身下。暹罗公主这样坐才成体统。

"可怜的九月,"她们说,"你那美丽的鹦鹉死了,我们都很难过。你不能像我们一样有只爱鸟,一定苦恼极了。所以,我们把自己的零用钱都凑了起来,打算给你买一只可爱的绿黄相间的鹦鹉。"

"免了吧。"九月说(她这话说得不太客气,不过暹罗公主之间有时候也顶顶嘴),"我有只爱鸟,它给我唱最动听的歌。我不明白,要一只绿黄相间的鹦鹉究竟会有什么用。"

一月轻蔑地用鼻子哼了一声,接着二月哼了一声,接着三月哼了一声,实际上八位公主都哼了一声,不过是完全按照排行来的。等她们都哼完了,九月就问道:

"你们为什么哼啊，难道都伤风了吗？"

"嗯，亲爱的，"她们说，"说起你的鸟，如今那小东西随心所欲地飞来飞去，实在是荒唐。"她们环顾室内，眼眉高高挑起，前额都快被挡住了。

"你们会留下可怕的抬头纹的。"九月说。

"能问问你的鸟现在去哪里了吗？"她们说。

"它去看岳父了。"九月公主答道。

"你怎么知道它会回来？"公主们问。

"它每次都回来的。"九月说。

"好吧，亲爱的，"八位公主说，"你要是听从我们的忠告，就完全用不着冒这样的风险了。如果它回来——提醒你呀，它如果真的回来就算你运气好——就该冷不防把它关进鸟笼，在笼子里养着。这才是你可以对它放心的唯一办法。"

"可是我喜欢让它在房间里自由自在地飞。"九月公主说。

"安全第一。"她的姐姐们语带不祥地说。

她们一边起身走出房间，一边摇着头，扔下九月一个人。她心里非常不安，她觉得小鸟好像离开了很久，又想不出它在干什么。它也许出了什么事。外面有老鹰，还有布设罗网的人，你根本不知道它会遭遇什么意外。也有可能，它把她忘了，或者也许它喜欢上了别的人，那可真是糟透了。唉，但愿它能再平平安安地回来，待在那只金鸟笼里。鸟笼就立在那里，空空的，随时都可以住。宫女们埋葬了死去的鹦鹉以后,笼子一直留在原地没有动过。

"突然间,九月听到,一阵叽叽喳喳的鸣叫响起,就在耳后。她看见小鸟正待在她的肩头。它进来得这般悄无声息,落下得如此轻盈敏捷,她都没听见动静。

"我还以为你究竟怎么了,正担心呢。"公主说。

"我想到你会为这个担心的。"小鸟说,"实际上,今晚我差点就回不来了。我岳父在开派对,大家都想让我留下,可是我想到你会着急的。"

在这种情况下,小鸟说这话实在是糟糕透了。

九月感到自己的心狂跳起来,怦怦地撞击着胸膛。她打定主意,不再冒风险了。她抬起手,捉住了小鸟。对此,小鸟习以为常。公主喜欢在手掌上感受小鸟的心跳,噗噗的,是那样地快。我想,小鸟也喜欢公主小手柔柔的暖意,所以它毫无疑心。当公主把它拿到鸟笼跟前,一下子送进去,随即关上笼门时,小鸟大为意外,一时不知说什么才好。愣了一会儿,它才跳到象牙栖木上说:

"开什么玩笑哇?"

"这不是玩笑,"九月说,"只是,妈妈的猫,有的会在夜里偷偷摸摸到处走,我想你待在鸟笼里就安全多了。"

"我想不出王后为什么喜欢养那么一些猫。"小鸟挺不痛快地说。

"这个嘛,你看,它们是非常特别的猫。"公主说,"它们长着蓝色的眼睛,尾巴上还有个旋儿。它们是王室专有的,如果你明白我的意思。"

"完全明白。"小鸟说,"不过,你为什么事先什么都没说就把我放进这个笼子呢?我想,我可不喜欢待在这种地方。"

"要是没认准你是安全的,我一夜都会合不上眼。"

"好吧,仅此一次,我倒也不介意,"小鸟说,"只要你明天一早让我出去就行。"

它吃了一顿非常丰盛的晚饭,然后开始唱歌。不过,唱到一半它就停了下来。

"不知道我是怎么了,"它说,"今晚就是不想唱。"

"好吧好吧,"九月说,"那就睡吧。"

于是,小鸟把头埋到翅膀底下,一会儿就沉沉睡去了。九月也睡着了。不过,天刚破晓,她就被小鸟对她的高声呼喊给唤醒了。

"醒醒,醒醒!"小鸟说,"打开笼门让我出去。我要在露水还没干的时候,痛痛快快地飞一气。"

"你待在那里要舒服得多呀。"九月说,"你有一个漂亮的金鸟笼,它是爸爸的王国里手最巧的工匠制作的。爸爸是那么喜欢它,他把工匠的头都砍了,这样工匠就绝不会做出第二个来了。"

"让我出去,让我出去。"小鸟说。

"你每天三顿饭都会由我的宫女送来,从早到晚都用不着为任何事操心,你可以尽情地歌唱了。"

"让我出去,让我出去!"小鸟说。它极力要从鸟笼的栏杆之间挤出去,这当然不可能。它又撞笼门,当然也撞不开。这时,八位公主来了,端详着它。她们对九月说,她听从姐姐们的劝告是非常明智的。她们说,小鸟很快就会习惯鸟笼生活,过不了几天就会几乎忘掉自己曾经自由过了。她们在场时,小鸟一言不发。但她们刚一离开,小鸟就又喊叫起来:"让我出去,让我出去!"

"别这么傻呀。"九月说,"我把你关在笼子里,完全是因为我太喜欢你了。怎么做对你有益,这个我比你自己清楚得多。给我唱支小曲吧,我给你块红糖。"

然而,小鸟站在笼子角落里,眺望着蓝色的天空,没唱一个音符。它整整一天都没唱。

"生气有什么用?"九月说,"干吗不唱唱歌忘掉烦恼呢?"

"我怎么唱啊?"小鸟答道,"我想看到树林、湖水和田里绿油油的稻禾。"

"如果你想要的就是这些,那我带你去散步。"九月说。

她提起鸟笼走出去,下到柳树环绕的湖畔,站在一眼望不到头的稻田旁。

"我以后每天都带你出来。"她说,"我爱你,一心想让你高兴。"

"这不是一回事。"小鸟说,"从笼子缝中看到的稻田、湖水和柳树显得大不一样。"

她只好又把它带回家,给它晚饭吃。可是它一口都不动。对此,公主有点着急,就去征求姐姐们的想法。

"你必须坚定。"她们说。

"可是它要是不吃饭,就会饿死的。"她答道。

"那它就太不知好歹了。"她们说,"它必须明白,你完全是在为它着想。它要是一意孤行,丢了性命,那它就活该,你也就彻底摆脱了它。"

九月看不出那怎么会对她大有好处。可她们是八对一,又都年长于自己,只好不说什么。

"也许它明天就会习惯笼中的生活。"她说。

第二天她醒来时,高高兴兴地喊了声"早上好"。没有回答,她便跳下床朝鸟笼跑去。她吓得大叫起来,因为小鸟侧身躺在那里,闭着眼睛,看上去像是死了。她打开笼门,伸进手去,把它拿了出来。她宽慰地抽噎了一下,因为感觉到它小小的心脏还在跳动。

"醒醒,醒醒,小鸟。"她说。

她哭了起来,眼泪落到小鸟身上。小鸟睁开眼睛,发现周围的笼子栏杆不见了。

"没有自由我就不能歌唱,而要是不能歌唱,我就死了。"

它说。

公主失声痛哭。

"把你的自由拿回去吧。"她说,"我把你关进金鸟笼,是因为我爱你,想要独占你。可我根本不知道这会害死你。去吧,飞到湖畔的树林里,飞过绿色的稻田。我太爱你了,愿意你以自己的方式享受快乐。"

她推开窗户,把小鸟轻轻放到窗台上。小鸟微微地抖动了一下身体。

"想来就来,想走就走,小鸟。"她说,"我决不再把你关进笼子里了。"

"我会来的,因为我爱你,小公主。"小鸟说,"我要给你唱我会唱的最好听的歌。我会远走高飞,但我总会回来。我永远不会忘记你。"它又抖动了一下自己,"天哪,我有多僵硬了。"它说。

然后,它张开双翅,径直飞向蔚蓝的天空。可是,小公主的眼泪一下子涌了出来,因为要把所爱之人的快乐置于自己的快乐之上,是很不容易的。她的小鸟飞得看不见踪影了,她突然感到非常孤单。她的姐姐们得知了所发生的一切,都嘲笑她,说小鸟永远不会回来了。然而,小鸟还是回来了。它待在九月的肩膀上,从她的手心里吃食,给她唱美妙的歌,那都是它周游世界时,在各个美丽的地方学会的。九月白天黑夜都开着窗,以便小鸟只要愿意就可以飞进来,而这对小公主也大有益处。她出落得异常美丽,长大后,嫁给了柬埔寨的国王,乘着白象,一路前往夫君居住的王城。而她的姐姐们从不开窗睡觉,结果长得难看得很,脾气也很糟糕。到了出嫁的年龄,国王把她们许配给了众大臣,陪嫁是每人一磅茶叶,外加一只暹罗猫。

实用婚姻

搭乘一艘四五百吨、又小又旧的轮船,我离开了曼谷。船上兼作餐厅的客厅光线暗淡,设有两张桌子,长度近乎房间,桌旁排开转椅。舱室在甲板下面,脏得一塌糊涂。地板上蟑螂横行。到洗漱盆所在处洗手时,会突然见到一只硕大的蟑螂昂首阔步、从容不迫地爬开。不论生性多么平和,你都难免大吃一惊。

我们顺流而下。河面宽广,水流缓慢,风光明媚。两岸一片碧绿,星星点点的小棚屋矗立在水边的木桩上。驶过河口的沙洲,宽阔的大海在眼前展开,波澜不惊,一片蔚蓝。海的景象和气息使我心旷神怡。

我一清早就上了船。在船上很快发现,自己置身于一群平生所见最为奇特的人物当中。他们包括两个法国商人、一个比利时上校、一个意大利男高音歌手、一个美国马戏团老板及其妻子,和一个也带着妻子的法国退休官员。马戏团老板是个常言所谓的善交际者。出于心境,你对这种人或是避之不及,或是乐于接纳,而我当时恰好对生活很是满意,并且在登船前一小时和他喝过酒,以掷骰子决定由谁付钱。他还带我看了他的动物。他身量很矮,体态又胖。短袖衫是白色的,但实在不够清洁。衣服绷在他的便便大腹上,而领子紧得让人纳闷他怎么还喘得过气来。他生就一张红脸,刮得挺干净。他有一双快活的蓝眼睛。那一头浅棕色短发,看起来乱糟糟的。一顶旧遮阳帽,结结实实地扣在后脑勺上。他名叫威尔金斯,出生于俄勒冈的波特兰。东方人看来酷爱马戏,于是威尔金斯先生带着一群动物,以及旋转木马,在东方四处巡演,至此已有二十年之久,从塞得港到横滨(亚丁、孟买、马德拉斯、加尔各答、仰光、新加坡、槟城、曼谷、西贡、顺化、河内、香港、上海……他津津有味地历数这些地名,令人满心想象着明媚的阳光、奇异的声响和丰富多彩的活动)。他的生活别是一路,与众不同,别人会以为这必定给了他机会,经历五花八门稀奇古怪的事情。然而,他却悖于常理,就是个平庸到家的小个子男人。你可能很自然地以为,他是个在加利福尼亚的二流城镇经营汽车修理站或开三等饭馆的人。事实上,一个人生活的特殊性,并不会使他变得特殊;反而,一个人若是特殊的,他会使如乡村助理牧师的那般平常的生活变得特殊起来。我一再地注意到这一事实,以致弄不清它怎么会总是使我惊奇。但愿我能觉得,自己有理由在这里讲一个孤悬海外者的故事。我到托雷斯海峡一个岛上去见过这个人，他本来是一艘失事轮船上的水手，在岛上独自生活了三十年。然而，在写书的时候，你会受到主题的制约。即便为了跑题的头脑自得其乐，我把故事写了下来，现在我还是不得不最终把它删掉了，因为我清楚哪种素材适宜写进书里，哪种又不适宜。故事的要旨为：尽管这个人长期而直接地接触大自然，脑筋也还能用，几十年风风雨雨过去，末了他还是一如当初，是个迟钝、愚鲁、平庸的半傻之人。

意大利歌手走过我们旁边。威尔金斯先生告诉我，歌手是那不勒斯人，这是去香港重返公司。他是因曼谷流行疟疾而被迫离开的。他是个大块头，非常胖。每当他一屁股坐下，椅子就发出嘎吱嘎吱的哀叹。他摘下遮阳帽，露出满头卷曲的长发，用戴着戒指的短粗手指梳理着油腻的头发。

"他不是很合群。"威尔金斯先生说，"他接受我递给他的雪茄，但不愿喝酒。我估计他大概也没有什么太奇特之处。不招人待见的家伙，是不是？"

随后，一个又矮又胖，身着白衣的女人走上甲板，牵着一只小猴子。它在她身旁一本正经地走着。

"这是威尔金斯夫人，"马戏团老板说，"和我们的小儿子。威尔金斯夫人，拉过一把椅子来，见见这位先生。我不知道他的名字，可是他已经为我付了两次酒钱。他掷骰子要是照旧不见长进，就还得为你付酒钱。"

威尔金斯夫人坐了下来,神态茫然而严肃。她的眼睛望着蓝色的大海,意思是不明白,自己怎么就没有一杯柠檬汽水。

"哎哟,天真热呀。"她嘟囔着,摘下遮阳帽当扇子扇着。

"威尔金斯夫人怕热。"她丈夫说,"到如今她已经热了二十年。"

"二十二年半。"威尔金斯夫人说,眼睛仍然盯着大海。

"而她还是适应不了。"

"永远也适应不了,这个你知道。"威尔金斯夫人说。

她跟丈夫正好一般高,也正好一般胖,跟他一样有张圆滚滚的红脸,一头浅棕色的乱发。我怀疑他们是因长得这么一般无二而结的婚,要不就是在婚后的岁月里相貌达到如此惊人的相似。她没有转过头,而是继续心不在焉地盯着大海。

"你带他看动物了吗?"她问。

"我当然带他看了。"

"他觉得珀西怎样?"

"觉得挺棒。"

我不由得感到,自己被不适当地排除于谈话之外,而无疑又多少属于话题,我于是问道:

"珀西是谁?"

"珀西是我们的大儿子。你看海面蹿出一条飞鱼,埃尔默。珀西是只猩猩。它早上好好吃饭了没有?"

"好好吃了。它是我们笼养的最大的猩猩。给一千美元我都不会卖。"

"那么你们跟大象是什么亲戚?"我问。

威尔金斯夫人没看我,一双蓝眼睛依旧漠然地凝视着大海。

"大象不是亲戚,"她答道,"只是朋友。"

侍者端来了饮料。给威尔金斯夫人柠檬汽水,给她丈夫苏打威士忌,给我杜松子酒补剂。我们掷起骰子来,我签了单。

"他要是掷骰子时总输,那可就太费钱了。"威尔金斯夫人朝海岸线咕哝。

"我猜埃格伯特会愿意喝一口你的汽水,亲爱的。"威尔金斯先生说。

威尔金斯夫人稍微转过脸,看了看坐在她腿上的猴子。

"埃格伯特,你会愿意喝一口妈妈的汽水吗?"

猴子轻轻地吱吱叫了一声。她搂着它,给了它一根吸管。猴子吸了点汽水,喝够了就向后一靠,倚在威尔金斯夫人丰腴的胸前。

"威尔金斯夫人了解埃格伯特的想法。"她丈夫说,"对这个你不该奇怪,它是她的小儿子呀。"

威尔金斯夫人拿起另一根吸管,若有所思地喝起汽水来。

"埃格伯特很健康。"她声称,"它什么毛病都没有。"

正当此时,一直坐在那里的法国官员立起身,踱起步来。先前登船时,陪着他的有驻曼谷的法国公使、一两名秘书和一位亲王,许多人向他鞠躬,跟他握手。轮船离开码头时,人们纷纷挥动帽子和手帕作别。他显然是个大人物,我听见船长称他为总督先生。

"他算是这条船上的狠角色了。"威尔金斯先生说,"他是法国一处殖民地的总督,这会儿是在周游世界。在曼谷,他看过我们的马戏表演。我想我得问问他想喝点什么。我怎么称呼他呢,亲爱的?"

"什么称呼都不用。"她说,"在他面前立一个圆圈,他就会跳起来一下子钻过去了。"

我不禁笑起来。总督先生个子小小的,不及一般人许多,五短身材,一副很难看的小脸,扁鼻厚唇,灰色的头发,眉毛、髭须非常浓密。他看起来真的有几分像卷毛狗,眼睛也跟卷毛狗的一样,柔和,聪明,亮闪闪的。他再次经过我们旁边时,威尔金斯先生叫道:

"先生,你喝什么?"我模仿不出他的怪腔怪调,"一小杯波尔图?"他转向我说,"外国人嘛,他们都喝波尔图。喝这酒绝不会醉。"

"荷兰人就不喝。"威尔金斯夫人说,眼睛看着大海,"他们只喝荷兰杜松子酒,别的一概不碰。"

那位引人注目的法国人停住脚步,以迷惑不解的眼光盯着威尔金斯先生。于是，威尔金斯先生轻轻拍了拍胸口道：

"我，马戏团老板。你看过。"

这时，出于什么原因我忘记了，威尔金斯先生以双臂围成圈，大致比画了几个动作，表示卷毛狗跳起钻过圆圈。然后，他指了指威尔金斯夫人仍抱在腿上的小猴子。

"我妻子的小儿子。"他说。

总督的脸登时明亮起来，他迸发出一阵非常悦耳且富于感染力的笑声。威尔金斯先生也笑了起来。

"对，对。"他叫道，"我，马戏团老板。一小杯波尔图。对，对。是不是？"

"威尔金斯先生说法语就跟法国人一样。"威尔金斯夫人向着不断掠过的海浪说。

"当然乐于从命。"总督微笑着说。我给他拉过一把椅子。他向威尔金斯夫人弯腰致意后坐了下来。

"告诉卷毛狗脸，它叫埃格伯特。"威尔金斯夫人看着大海说。

我叫来侍者，我们各自点了饮料。

"你签单吧，埃尔默。"她说，"别让这位叫什么来着的先生掷骰子了。他要是掷不出大于一对三点的骰子来，就还得由他付账。"

"夫人，您懂法语吗？"总督彬彬有礼地问。

"他想知道你会不会说法语，亲爱的。"

"他以为我在哪里长大的？那不勒斯吗？"

总督于是舞动着手势，叽里咕噜地说出一大串稀奇古怪的英语来。我得动用自己的全部法语知识，才能弄懂他在说什么。

威尔金斯先生很快就带他下舱去看马戏团的动物了。片刻之后，我们又聚集在闷热的客厅里吃午饭。总督夫人出现了，被安排到船长右边的座位。总督将我们向她做了介绍，随后她亲切地鞠了一躬。她个子大大的，高而且壮，大约五十五岁；身着黑绸长裙，显得严肃了些；头戴一顶硕大的圆形遮阳帽；浓眉大眼，相貌周正；体型犹如雕像，使你联想到队列中的高大女子。她是爱国游行中扮演美国或英国形象的极好人选。她和丈夫在一起，一高一低，就像摩天楼和小棚屋。她的丈夫说个不停，活泼机智。只要丈夫有妙语说出，她一脸的深沉庄重便化为爱意浓浓的灿烂笑容。

"这话太傻了，我的朋友。"她说，接着转向船长，"千万别听他的，他总是这么乱讲。"

我们的确享用了一顿非常快乐的午饭。饭后大家分手，回到各自的舱室睡一觉，以消磨炎热的下午。在这种小轮船上，一旦结识了这些旅伴，任何时候再走出舱室，都不可能不遇到他们，想躲都躲不开。唯有一个离群索居者，就是意大利男高音歌手。他跟谁都不说话，只是坐在距众人尽可能拉开距离之处，怀抱吉他，轻轻弹奏，只有努力倾听，方才可以听出旋律。从船上仍然望得到陆地，海水犹如一大桶牛奶。我们有一搭没一搭地聊着，眼见天色渐晚，大家就去吃晚饭，饭后再走出来，坐到星空下的甲板上。两个商人在闷热的客厅里玩纸牌，比利时上校则加入了我们这一小群人。他生性腼腆，体态肥胖，只在礼貌需要时开口说话。没过多久，也许由于夜色施加的影响，加上黑暗给予的鼓励，在船头那边，感受着与大海的独处，在手中吉他的伴奏下，意大利男高音歌手开始歌唱。起初声音很低，逐渐提高了些。很快，在音乐的感染下，他引吭高歌起来。他的嗓音是纯正的意大利式的，就像通心粉、橄榄油和太阳光。他唱了些那不勒斯歌曲，那是我年轻时在圣费尔迪南多广场听到过的。他还唱了歌剧《波西米亚人》《茶花女》和《弄臣》的片段。他唱得非常投入，有不合调的强音，震音则使人联想起听到过的所有意大利男高音三流歌手。然而，在夜色迷人的辽阔海面上，他的夸张手法只会使你微微一笑。你不禁感到心中涌起一阵慵懒的愉悦之感。他唱了大约一小时，我们都沉浸在静默中。然后他停了下来，不过原地没动。在星光闪烁的夜空映衬下，我们看得见他伟岸的模糊身影。

我瞥到矮小的法国总督一直握着高大妻子的手，这景象令人既好笑又感动。

"你们知道吗？今天是我跟妻子初次见面的纪念日。"总督突然开口，打破了沉默，无声肯定使他感到压抑，因为我从未见过比他话多的人，"今天也是她答应做我妻子的纪念日。并且，会使你们感到惊奇的是，两者就是同一天。"

"看看你，我的朋友，"他的夫人说，"你可别用这个老掉牙的故事来烦朋友们了，肯定没人受得了你的啰唆。"

可是，她这么说的时候，神情坚定的大脸盘上露出微笑，从语气也听得出来她很愿意再听一遍。

"我的话会使他们感兴趣的，我的小宝贝。"他总是以这种口吻称呼妻子。听到这位仪表端庄乃至威严的女士，被矮小的丈夫这么称呼，让人觉得颇为滑稽。"不会感兴趣吗，先生？"他问我，"这是罗曼史，而谁不喜欢罗曼史呢？尤其在像今天这样的夜晚。"

我向总督保证我们都急于听到，比利时上校也不失时机地再次表现出了礼貌。

"要知道，我们的结合纯粹属于实用婚姻。"

"这倒是不假。"他的夫人说，"否认这一点会很愚蠢。真就有些时候是先结婚后恋爱，而不是先恋爱后结婚的，而这种情况更好，它更加持久。"

我不由得注意到，总督深情地轻轻捏了捏妻子的手。

"要知道，我一直在海军服役，退役时已经四十九岁了。我身体强壮，精力旺盛，非常急切地寻求一份工作。我四处寻觅，能找的关系都找过了。幸好有个表兄，有些政治地位。民主政体的优越性之一是，如果你有足够的影响、功绩，在其他体制下可能无人注意，而在这里能够得到应有的奖掖。"

"你真谦虚,我可怜的朋友。"她说。

"不久,我得到殖民地部部长的派遣,到一处殖民地去担任总督。那里非常遥远,他们就想派我去。那里又很荒凉,不过我这辈子都是从港口到港口地过来的,这个问题对于我也算不上烦恼。我欣喜地接受了。部长告诉我,得做好一个月内起程的准备。我就对他说,一个老单身汉,满打满算也就是几件衣服几本书,这样的人,说走就走容易得很。

"'怎么,我的上尉,'他叫道,'你还是个单身汉?'

"'当然哪。'我答道,'我是一心一意打一辈子光棍的。'

"'这样的话,我恐怕就得收回成命了。因为这一职位的前提条件,是你得成了家。'

"说来话长,主要就是我的前任,一个单身汉,把当地不止一个女人带到官邸去住,造成丑闻,结果闹得白人、种植园主和官员妻子等等民怨沸腾。这就决定了,继任总督必须是位典型的正人君子。我劝说,争辩,历数自己为国从军的种种功业,概述我表兄在下届政府中可能为我安排的工作。可是说什么都没用,部长就是这么个死性人。

"'那我怎么办?'我气馁地叫道。

"'你可以结婚哪。'部长说。

"'可是你看,部长先生,我一个女人都不认识。我不善取悦女人也没有女人缘,而且四十九岁了。你说我怎么找得到老婆?'

"'办法再简单不过了啊，在报纸上征婚嘛。'

"我被弄糊涂了，我张口结舌。

"'行啦，好好想想去。'部长说，'要是一个月之内能找到老婆你就可以上任，可是没老婆就没职位。这是我的最后决定。'他露出一丝微笑，对他来说这个局面不无幽默，'你要是打算发广告，我建议登在《费加罗报》上。'

"我灰心丧气地离开殖民地部。我了解他们想派我去的地方，也清楚那里会非常适合我居住。气候说得过去，官邸宽敞舒适。当个总督绝非我不情愿之事，且不说作为退伍的海军军官，除了退休金几无收入，总督的薪俸可是不容小觑的。我当下横了心，便到了费加罗报社，写了一条广告，交给他们刊登。不过，我可以告诉你们，事后走上香榭丽舍大道时，我的心怦怦乱蹦，比在军舰上准备战斗时都跳得厉害。"

总督向前探出身子，手按到我的膝盖上，神态很是感染人。

"亲爱的先生们，你们绝不会相信，我竟收到了四千三百七十二封回信，简直就是雪崩。我本来只指望五六封的。我不得不找了辆出租车，把信件运到旅馆，房间里堆满了信。有四千三百七十二个女人愿意分担我的寂寞，成为总督夫人，这真是令人震惊。她们的年龄从十七岁到七十岁都有。她们有门第无可挑剔、文化修养极高的闺秀，有在人生路上小有失足而现在想调整状态的未婚女子。有丈夫在最悲苦的境况中故去的寡妇，还有其子女会成为我老来慰藉的孀居者。她们有的白肤金发,有的面色黧黑,有高有矮,有胖有瘦。有的能讲五种语言,有的会弹奏钢琴。有的向我主动示爱,有的渴望得到爱情。有的只能给予坚实然而互相尊重的友情。有的广有钱财,有的前途无量。我被淹没了,我不知所措。最后我发起火来,因为性子太急。我立起身来,把这些信件、照片,通通踩在了脚下。我大喊大叫:这些女人我谁都不娶!我的处境是绝望的。现在只剩下不到一个月了,在这么短的时间里,我根本看不完手头这四千个应征者的信。而我觉得,要是不把它们全看一遍,自己就毕生都会遭受一种想法的折磨,那就是,我错过了命中注定带来幸福的女子。我因希望的灭绝而放弃了看信。

"我走出满是这些照片和凌乱信纸而显得可怕的房间。为了排遣郁闷,我走上卡皮西纳大道,在和平咖啡馆坐了下来。过了一会儿,我看见一个朋友路过,向我点头微笑。我勉强笑了笑,心里却感到酸楚。我意识到,自己只能作为退伍的海军军官,仅凭微薄的养老金,在土伦或布列斯特度过残年了。真倒霉!朋友停下脚,走上前来坐下。

"'怎么愁眉苦脸的,亲爱的?'他问道,'你可是最乐观不过的人哪。'

"我很愿意有个人听我一诉苦衷,就把事情从头到尾都讲给了他。他笑得非常厉害。我后来想到,有鉴于此,这事也许不无滑稽的一面。可是当时,说实在的,我根本看不出它有什么可笑的。我气急败坏地讲完了事实。随后,他竭力忍住笑,对我说:'不过,亲爱的老兄,你真的想结婚哪?'闻听此言,我勃然大怒。

"'你简直愚蠢透顶。'我说,'我要是不想结婚,而且不想马上在两个星期之内结婚的话,你以为我会花费三天工夫,去读一些根本没见过的女人寄来的情书吗?'

"'你冷静一下,听我说。'他答道,'我有个表妹,住在日内瓦。她是瑞士人,属于那个国家最有名望的家族。她的品行毫无瑕疵,年龄很合适,是个老处女,因为十五年来一直在照顾病弱的母亲。她母亲最近去世了。她受过良好的教育,而且长得不丑。'

"'听起来像是十全十美了。'我说。

"'我不是这个意思,不过她确实富于教养,做你的妻子一定胜任。'

"'有一件事你忽略了。会有什么动机,能使她撇下自己的朋友们和过惯了的生活,来跟一个其貌不扬、浪迹天涯的四十九岁男人厮守呢?'"

总督先生中断了讲述,如此明显地耸了耸肩,头几乎陷进了两肩之间。他转向我们说:

"我很丑,我承认。我的丑样子引不起恐惧,也带不来尊重,只能惹人嘲笑。这种丑是最糟糕的。初次见到我时,人们不会吓跑,它显然具有某种令人开心的成分,使他们不由得笑起来。你们听我说,今天上午,当可敬的威尔金斯先生给我看他的动物时,珀西,那只猩猩,竟伸出了两条胳膊。要不是隔着笼子栏杆,它会把我搂进怀里,就像见到久别的兄弟。真就有一次,我去巴黎植物园时,听说有只类人猿跑了,我一刻都没耽搁,赶紧往出口走。就怕人家把我当成那出逃的家伙,抓住我,不管我怎么抗议,都会把我关进猿舍。"

"看看,我的朋友,"他的夫人说,语调深沉而缓慢,"你这么说可就超过一般的胡诌八扯了。不是说你年轻英俊犹如阿波罗,你这个身份也没必要得是美男子;其实你不怒自威,泰然自若,属于任何女人都会将其称作优秀男人的那种。"

"我还是接着讲故事吧。听到我质疑他表妹怎么会看中我,朋友答道:'女人的心思实在没法说。不过,婚姻对于女人具有惊人的吸引力。向她求婚总不会有害处,别忘了,女人是把受到求婚视为赞美的。她顶多也就是拒绝而已。'

"'可我不认识你表妹,也想不出怎样跟她结识。我总不能不请自到,登门求见,让她把我带进客厅听我说:你看,我来是为了请你嫁给我。她会认为我是疯子,大喊救命。再说了,我胆子特别小,我可迈不出这一步。'

"'我会告诉你怎么做。'朋友说,'你上日内瓦去,为我给她带一盒巧克力。她会很想了解我的近况,也就乐于接待你。你可以跟她聊几句,然后,要是不喜欢她的长相,你就告辞,而全无

尴尬。要是反过来——你看上她了,我们就可以郑重其事,你可以正式向她求婚。'

"我实在想不出别的办法。这么做看来是唯一可行的。我们马上到商店买了很大一盒巧克力,当晚我就上了开往日内瓦的火车。一下车我就给她寄了封信,告诉她我带来了她表哥的礼物,很希望有幸亲手奉上。不到一小时我接到回信,大意为她将乐于在下午四点钟接待我。于是在此期间,我一直待在镜子跟前,领带系上再打开,一共十七遍。钟敲四下之际,我出现她家门口,马上被引进客厅,她在等着我。她表哥说她长得不丑。你们且想象一下,见到她是位年轻女子,我有多么惊讶。总之她尚在华年,风度高雅,端庄犹如朱诺,美丽堪比维纳斯,谈吐之聪慧不让密涅瓦。[1]"

"你真是太荒唐了。"总督夫人道,"好在事到如今,这些先生们也都清楚,你说的话是不能句句当真的。"

"我向你们发誓我并无夸张。当时我是那么吃惊,手里的巧克力盒子都差点掉到地上。不过我对自己说:'近卫军宁死不降!'此话原为滑铁卢之战中一位法国将军对劝降的回应。我把巧克力递给她,讲了她表哥的情况。我发现她很温和。我们聊了一刻钟。这时我又对自己说:开始吧。我就对她说:

---

1 在罗马神话中,朱诺是天后,维纳斯是爱与美女神,密涅瓦则是智慧女神。

"'小姐，我必须告诉你，我到这里来，不仅仅是为了带一盒巧克力。'

"她嫣然一笑，说显然我来日内瓦，肯定有比这更重要的原因。

"'我来是向你求婚，请你屈尊下嫁的。'她听到这话，大为愕然。

"'什么，先生，你是神经错乱了吧！'她说。

"'求你了，把事情听完再回答。'我打断了她，不待她再开口，就把这桩事原原本本讲给了她。我说了在《费加罗报》上登广告的结果，她笑得眼泪都流出来了。这时，我重复了提议。

"'你是认真的？'她问。

"'我一生都没比这更认真过。'

"'不瞒你说，你的提议来得实在惊人。我原本没想过结婚，也过了这个年龄。不过显而易见，你的提议并不是会让女人不假思索一口回绝的那种。我感到荣幸。给我几天时间考虑考虑好吗？'

"'小姐，我孤身一人寂寞非常。'我答道，'而且我没有时间了。你要是不肯嫁给我，我就得回巴黎去，接着研读还在等我拆阅的那一千五百或一千八百封信。'

"'情况明摆着，我根本不可能马上给你答复哇。十五分钟之前，我还从没见过你呢。我必须跟朋友和家人商量商量。'

"'他们跟这事有什么关系?你已经成年了。形势逼人,我等不了啦。我把一切都告诉了你。你是个聪明女子,思前想后的,无补于当下决断吧?'

"'你不是在要我此时此刻就说行还是不行吧?这可太强人所难了。'

"'我正是在要你这么做。我回巴黎的火车过几小时就开了。'

"她沉思着盯住我。

"'你明摆着就是个疯子。为了自身和公众的平安,你理当闭上嘴。'

"'好啦,你的答复是什么?'我说,'行还是不行?'

"她耸了耸肩膀。

"'我的天哪。'她沉默了足有一分钟,使我如坐针毡,'行。'"

总督朝夫人扬了扬手说:

"这就是她。我们两星期后结了婚,我也成了一处殖民地的总督。我娶了一个宝石般的女郎,亲爱的先生们,一个极具魅力的女子,百里挑一的人物,兼具男人的智力和女人的感性,妙不可言。"

"你还是闭上嘴吧,我的朋友。"他的夫人说,"你把我讲得跟你自己一样可笑。"

总督转向比利时上校。

"我的上校,你是单身汉吗?如果是,我强烈推荐你去日内瓦。那里是最可爱的女子的温床（他用的是法文词"苗圃"），你会找到别处都没有的妻子。且不说日内瓦又是个迷人的城市。一分钟都别浪费，尽快去那里。我会让你给我妻子的侄女甥女们带一封信。"

总督夫人亲自对这个故事做了总结。

她说："事实是这样的。在实用婚姻中，你们所期待的不多，因而不大可能失望。由于你们不向对方提出并无意义的要求，也就没有理由不满。你们不追求完美，也就容忍对方的缺点。激情当然好，但它不是婚姻的真正基础。你们看，为了婚姻中两个人的幸福，双方必须能够相互尊重，具备相同条件，兴趣也得相近。这样，他们如果是正派人，愿意互相让步，彼此宽容，他们的结合就一定会跟我们的同样美满。"她停顿了一下又说，"不过，当然了，我丈夫可是个非常、非常出众的男人。"